Als literarische Figur war sie wohlbekannt, daß sie selbst eine eigenständige Autorin war, wußten nur Eingeweihte. Bald eine Generation nach ihrem Tod wurde Veza Canetti späte Gerechtigkeit zuteil. Aus ihrem Nachlaß erschien 1989 ihr Roman ›Die Gelbe Straße‹. Ein Kapitel daraus, ›Der Oger‹, benutzte sie als Vorlage zu einem Bühnenstück. Erzählt wird die Geschichte eines Ehemartyrismus, in dem ein Haustyrann namens Iger (der Anklang an das menschenverzehrende Ungeheuer war fraglos beabsichtigt) seiner jungen Frau das in die Ehe mitgebrachte Vermögen raubt und sie schließlich in den Wahnsinn treibt. Im Umfeld von Ödön von Horvaths ›Geschichten aus dem Wiener Wald‹ entstand eine weitere Milieustudie des Wiener (Klein-)Bürgertums, dessen monströse Züge erbarmungslos ans Licht gebracht werden. Die Bühnenwirksamkeit dieses blendend gebauten Stücks erprobte vor einiger Zeit das Zürcher Schauspielhaus. Die Uraufführung des ›Oger‹ wurde von Publikum und Presse begeistert aufgenommen. ›Die Zeit‹ schrieb: »Unmöglich, die vielen Gehässigkeiten, Sarkasmen, witzigen Dialoge zu beschreiben, die Veza Canetti auf knappem Raum entfaltet.«

Veza Canetti wurde 1897 als Tochter einer alteingesessenen sephardischen Familie in Wien geboren; sie gehörte zum engeren Kreis von Karl Kraus, stand aber gleichzeitig dem Austro-Marxismus nahe; Lehrerin an einer Privatschule; Veröffentlichungen in der Wiener ›Arbeiter-Zeitung‹, im Malik-Verlag und in Exil-Zeitschriften; Übersetzerin aus dem Englischen (darunter Graham Greens ›Die Macht und die Herrlichkeit‹); 1934 Heirat mit Elias Canetti; Exil in London, wo sie 1963 starb. Veza Canetti war über Jahrzehnte hinweg literarische Ratgeberin ihres Mannes Elias Canetti.
Von Veza Canetti außerdem im Fischer Taschenbuch-Programm: ›Die Gelbe Straße‹ (Bd. 10914).

Veza Canetti

Der Oger

Ein Stück

Fischer Taschenbuch Verlag

Veröffentlicht im Fischer Taschenbuch Verlag GmbH,
Frankfurt am Main, Oktober 1993

Lizenzausgabe mit freundlicher Genehmigung des
Carl Hanser Verlags, München – Wien

Umschlaggestaltung: Buchholz / Hinsch / Hensinger
Druck und Bindung: Clausen & Bosse, Leck
Printed in Germany
ISBN 3-596-11359-8

Gedruckt auf chlor- und säurefreiem Papier

DER OGER
Ein Stück

PERSONEN

Stjepo Pavlovitsch
Zlata, seine Frau
Draga }
Milka } seine Töchter
Bogdan Stoitsch, Verwalter
Der alte Iger
Der junge Iger
Ein Student der Medizin, später: Der junge Doktor
Schwab
Bessarovitsch, Präsident des Bekleidungsvereins
Ein Agent
Zwei Tanten des jungen Iger
Zwei Komiteedamen
Zwei Tischdamen
Stjepo, Zlata, Dragas Kinder
Eine Bonne, Ein Kellner
Hochzeitsgäste, Ballgäste, Waisenkinder

Im Vorspiel: Eine Stadt in Bosnien zur Zeit der Monarchie. Neun Jahre später: Nach dem Zusammenbruch in der früheren Hauptstadt. Die frühere Hauptstadt der Monarchie ist Wien.

ERSTER AKT

Stjepo Pavlovitsch *sitzt in seinem besten Zimmer. Seiner Pfeife entströmt behaglicher Rauch, sein Bauch ist voll Behagens, seine runden Wangen sind es und selbst sein Weib fühlt sich wohl, obgleich sie nur an der Schmalseite des Tisches sitzt, indessen er sich breitmacht. Er hält ein Salzfaß hoch und schlägt es auf den gedeckten Tisch nieder.*

Pavlovitsch Ich sage dir, ich will kein Salzfaß!

Mutter Um Gotteswillen, du schüttest das Salz aus, das gibt ein Unglück!

Pavlovitsch Ich will kein Unglück... eh... Salzfaß! Ich will ein Weinfaß! Das ist groß, das ist breit, das hat Wein, das hat Platz für Wein!

Mutter Aber es geht hier nicht um ein Faß, Lieber!

Pavlovitsch So ein Salzfaß! Ein Klotz! Schau dir diesen Klotz an! Unbeweglich schwer, nichts ist drin. Ich hab die Beweglichen gern. Die Vollen! Ein volles Weinfaß! Das hat der Bauer angefüllt, und es rollt doch, es hüpft, es hüpft über Stufen, Mutter!

Mutter Aber es geht hier um kein Faß, es geht um unsere Tochter!

Pavlovitsch Es geht um meinen Schwiegersohn.

Mutter Sie soll kein Faß heiraten! Sie soll einen braven Mann nehmen! Sie ist schön und gut gewachsen! Man schaut ihr auf der Straße nach! Wir brauchen sie nicht anzupreisen!

Pavlovitsch Niemand preist an, die Sache ist abgemacht. Sie ist schon lange abgemacht.

Mutter Aber wenn sie nicht will...

DRAGA *und* MILKA *stürzen herein,* DRAGA *hat dunkle Augen und schwarze Zöpfe. Ihre Sanftmut im Gegensatz zur Glut ihrer Farben ist ihr Liebreiz.* MILKA *die Jüngere, ist neben der Schwester noch ein wenig eckig. Sie ist lebhaft und hat helle Farben. Beide Mädchen stürzen auf den Vater zu und zeigen ihm Schmuckstücke.*

MILKA Schau, Papa! Echt Silber! Alles echt! Zweihundert Dinar! Er wollte dreihundert, aber ich hab gefeilscht. Draga hätt es nicht um zweihundert bekommen.

PAVLOVITSCH Zweihundert Dinar! Ein Kapital! Laß sehen.

Die Mädchen zeigen ihre Halsketten. MILKA *zieht einige Berlocken heraus und zeigt sie ihm.*

MILKA Schau, Papa! Ein Hufeisen! Eine Silberkugel! Ein Silberschuh! *Schreit verwundert* Innen ist er vergoldet! Schau den Ring an! Alles Silber!

PAVLOVITSCH *nimmt ihr den Schmuck aus der Hand und versteckt ihn im Rücken.* Das gehört mir!

MILKA Nein, Papa, was tust du... sei nicht so... *Sie entreißt ihm den Schmuck, er lacht dröhnend.*

DRAGA *hat indessen ihren Schmuck von der Mutter bewundern lassen.*

MILKA Wir haben auch noch Seidentücher!

PAVLOVITSCH Auch noch Seidentücher! Bringt her! Laßt sehen!

BEIDE MÄDCHEN *eilen nach links hinaus und lassen die Türe offen.*

PAVLOVITSCH *blickt ihnen nach.* Putz, Kleider, ein reiches Haus, d a s braucht sie. Und das wird ihr der Iger bieten.

MUTTER Schwab kann ihr das auch bieten. Schwab ist reich.

PAVLOVITSCH Ein Salzfaß ist er. Ein Klotz. Eine Sklavenseele.

MUTTER Er hat Herz, und das ist die Hauptsache. Wir haben sie verwöhnt. *Pavlovitsch nickt grimmig.* Wir haben sie mit Liebe großgezogen, sie wird das entbehren bei dem jungen Iger. Er ist tüchtig und fleißig, aber er ist ein Rechner.

PAVLOVITSCH Ist er ein Rechner! Wird also meine Tochter einen Rechner heiraten. Ein Teufel ist er! Ein Kopf! Reiz mich nicht, Zlata, hier wird nicht mehr gesprochen. Ich will den jungen Iger, und den jungen Iger wird sie nehmen.

MUTTER *streichelt ihn.* Sicher versteh ich nichts, aber weißt du, ich hab die beiden zusammen gesehen, wie sie noch den Laden geführt haben. Immer ist mir eingefallen, wie gutherzig Schwab ist.

PAVLOVITSCH Eine Sklavenseele.

MUTTER Da ist so eine Bäuerin in den Laden gekommen und hat Tuch gekauft. Der junge Iger hat ihr das schlechte Tuch angepriesen, ein Tuch wie Holz, ein Holzstoff. Schwab hat immer versucht, ihr das bessere zuzuschieben, sie hat sich aber von dem jungen Iger überreden lassen und hat das Holz genommen. Das war jeden Tag...

PAVLOVITSCH *brüllt* Ausgezeichnet! Jeden Tag ist er reicher geworden und Schwab steht noch immer am selben Platz. Der Krebs. Hat er den besseren Stoff hingeschoben! So ein Klotz!

MUTTER Ich versteh dich nicht, Lieber, wie oft kann sich eine Bäuerin einen Stoff kaufen?

PAVLOVITSCH Kauft sie nicht oft! Weil der Stoff noch zu gut ist. Papier wird man ihr nächstens verkaufen, dann wird sie öfter kommen. Froh wird sie sein, wenn sie oft kommen kann, bist du nicht froh, wenn du oft kaufen kannst! Weiberhirn! *Er dreht wütend den Kopf und schreit.* Draga! Milka!

BOGDAN STOITSCH *erscheint statt der Mädchen in der Türe.*

PAVLOVITSCH Wo sind die Nachtigallen?

BOGDAN STOITSCH Sie probieren oben.

PAVLOVITSCH Wo steckst du, Stoitsch?

BOGDAN STOITSCH Ich mach die Abrechnung über den Wald. Ich bin gleich fertig.

PAVLOVITSCH *ruft ihm nach* Laß den Wald und komm zu uns herein. Heut wird nicht mehr gerechnet. *Zu Zlata* Da hast du es klipp und klar. Vor Augen hast du es und kapierst noch immer nicht. Ich sitze hier. *Er zeigt zur Türe hin.* Stoitsch bedient mich. Ich befehle, er gehorcht. Im selben Laden haben wir gearbeitet, dasselbe Mädchen haben wir verlangt. Ich hab dich bekommen, er ist mein Verwalter geworden. Er arbeitet für mich. Er arbeitet gut und er verdient gut. Aber ein Untergeordneter ist er doch.

MUTTER Glaubst du... ich wäre schlecht mit ihm gefahren?

PAVLOVITSCH Bist du schlecht mit mir gefahren?

MUTTER Es... waren damals andere Zeiten, Lieber, meine Eltern haben mich so streng gehalten, daß es mir in deinem Haus wie im Paradies erschienen ist. Wir haben die Kinder aber freier erzogen...

PAVLOVITSCH Das hast du auf dem Gewissen! Gestern sehe ich unsere Älteste nirgends. Sie ist nicht im Hof, ich seh in der Küche nach, ich klettere in ihr Zimmer. Da sitzt sie und liest ein Buch. Ein Buch liest sie. Damit sie verdorben wird.

MUTTER Was soll sie mit ihrer freien Zeit anfangen, Lieber.

PAVLOVITSCH Teppiche soll sie knüpfen.

MUTTER Was braucht sie Teppiche knüpfen, wir haben genug Teppiche für sie eingekauft. Sie liest nur ein Buch, aus dem sie etwas lernen kann. Sie soll lernen, dann wird sie zu denken beginnen und wissen, was sie will.

PAVLOVITSCH Wenn sie zehnmal weiß, was sie will, ich will den jungen Iger und den jungen Iger wird sie nehmen.

MUTTER *flehend* Warte noch ein Jahr, Vater.

PAVLOVITSCH Soll ich warten, bis sie sich in einen Affen vergafft! Der uns das Kind verführt und die Heirat erpreßt! Ich kenn den alten Iger, das sind gesunde Leute, das sind Sparer, meine Tochter heiratet sechs Häuser.

MUTTER Ein Haus ist genug, wenn sie gern drin lebt. Warte doch noch ein wenig. Warum sollen wir sie schon jetzt verlieren?

PAVLOVITSCH Soll ich warten, bis wir sterben. Willst du sie allein in der Welt zurücklassen? Ich kenne die Igers, sie sind gesund. Habt ihr Weiber eine Ahnung, was für Seuchen die Männer mit sich herumschleppen? Kann ich jedem ins Blut sehen? Willst du ein verseuchtes Kind haben! Ich will gesunde Enkelkinder, so wahr ich lebe. Ich höre da unsere Gäste kommen! *Er eilt hinaus und führt den* ALTEN *und den* JUNGEN IGER *herein. Der* ALTE IGER *sieht* STJEPO PAVLOVITSCH *ähnlich und hat denselben Kneifer über seinem Bauch hängen. Der* JUNGE IGER *ist kurzbeinig und hat eine fahle Gesichtsfarbe. Seine Augen sind lebhaft, seine Nase gleicht einem Schnabel.*

PAVLOVITSCH Ich freue mich, das ist ein Festtag, setzt euch.

DER ALTE IGER *setzt sich neben ihn, der* JUNGE IGER *neben den Vater.*

DER ALTE IGER Wo sind die Mädchen?

PAVLOVITSCH Gleich werden sie hereinstürmen. Ich hab sie zum Basar geschickt, jetzt ist ihnen der Kopf voll von dem Kram. Bist du einverstanden, Freund, daß wir die Sache heute festlegen?

DER ALTE IGER Einverstanden. Ich hab den Verlobungspakt mitgebracht. Willst du ihn lesen, so setz den Kneifer auf und lies.

PAVLOVITSCH *liest* Also wenn die Verlobung durch unser Verschulden zurückgeht, zahlen wir euch hunderttausend Dinar. Wenn sie aus eurem Verschulden zurückgeht, zahlt ihr uns hunderttausend Dinar. Einverstanden. Jetzt noch eine Frage. Ist dein Sohn einverstanden?

DER ALTE IGER Ich habe sechs Häuser, vier Grundstücke, Aktien für eine halbe Million und das Geschäft. Wenn mein Sohn einverstanden ist, die Frau zu nehmen, die ich ihm aussuche, bekommt er sofort vier Häuser und erbt die Grundstücke und das Geschäft. Wählt er selbst die Frau, bekommt meine Tochter alle Häuser und Grundstücke. Mein Sohn aber kann das Geschäft haben, damit es nicht heißt, ich stoß ihn auf die Straße. Das Geschäft geht gut, er wird nicht verhungern. Mein Sohn hat die Wahl.

MUTTER *ist die ganze Zeit unbeachtet mit ihnen gesessen. Jetzt blickt sie den* JUNGEN IGER *an.*

DER JUNGE IGER *schweigt*

PAVLOVITSCH Meine Tochter bekommt zwei Millionen Dinar in die Hand und erbt nach meinem Tode zehn Millionen Dinar. Meine Frau erbt das Haus.

DER ALTE IGER Du wirst drei Millionen geben, Papachen.

PAVLOVITSCH *zornig* Nein, das werde ich nicht. Ich muß erst sehen, wie dein Sohn das Geld verwaltet. Wächst es, dann bekommt er in fünf Jahren die dritte Million.

DER ALTE IGER Wir wollen das gleich notieren. *Er nimmt den Pakt und schreibt.* ›In fünf Jahren die dritte Million.‹ Und dann erbt sie zehn.

PAVLOVITSCH Dann erbt sie neun.

DER ALTE IGER Vorhin hast du gesagt – z e h n.

PAVLOVITSCH Vorhin hab ich gesagt z w e i Millionen bar. Das Geld ist ihr sicher, ich wills nicht ins Grab. Aufessen können wirs auch nicht, meine Frau und ich. Meine Tochter nimmt man auch ohne Geld.

DER ALTE IGER Meinen Sohn auch. *Er notiert* Die Spesen für die Hochzeit bezahlst du.

PAVLOVITSCH *zufrieden* Die Spesen bezahle ich.

DER ALTE IGER *schreibt* Wieviele Gäste?

PAVLOVITSCH Wegen meiner fünfhundert.

DER ALTE IGER Weißt du, Papachen, ich bin nicht dafür, daß du dir so viele Gäste aufhalst. Was willst du dein Geld hinauswerfen. Was brauchen wir die Schmarotzer. Zwanzig gute Geschäftsfreunde sind mehr wert als fünfhundert Schmarotzer. Die Liste mach ich.

PAVLOVITSCH Gut, mach du sie, das soll kein Hindernis sein. Wie du das anstellen wirst mit zwanzig, weiß ich nicht. Wir allein mit unserer Sippe sind schon mehr.

DER ALTE IGER Meine Verwandten lad ich nicht ein, nur meine Schwestern. Lade du deine Verwandten selbst ein. Die Liste der Freunde mach ich.

DRAGA und MILKA *stürzen herein und rufen schon bei der Türe* Papa!

Beim Anblick der Gäste verstummen sie. DRAGA *steht wie versteinert. Sie hat einen gelben Seidenschal mit langen Fransen über die Schultern geworfen,* MILKA *einen blauen. Jede trägt auch noch einen Schal über dem Arm.*

PAVLOVITSCH Na kommt nur her und zeigt eure Einkäufe.

MILKA *faßt sich* Der gelbe und der rote Schal sind für Draga, der blaue gehört mir, der weiße uns beiden zusammen.

PAVLOVITSCH *lacht dröhnend* Euch beiden zusammen!! Und wenn sie nicht hier sein wird, deine Schwester?

DRAGA *zuckt zusammen*

MUTTER *zu Draga* Wie gut ihr die Kette steht. *Leise* Ich zieh's hinaus. Bis die Aussteuer fertig ist, das dauert noch. *Laut zum* ALTEN IGER. Die Mädchen haben sich Silberketten eingekauft.

DER ALTE IGER *derb* Silberketten! *Er stößt seinen Sohn an.*

DER JUNGE IGER *zieht eine Schatulle aus der Tasche und reicht sie Draga.*

DRAGA *schüchtern* Was ist das?

DER ALTE IGER Schau einmal nach, was das ist!

DRAGA *öffnet die Schatulle, ruft.* Eine goldene Kette!

DER JUNGE IGER *nimmt ihr die Schatulle aus der Hand und steckt sie ein.*

MILKA Auf dem Basar war auch so eine, sogar schöner.

MUTTER *stößt sie an*

MILKA *verlegen* Draga hat sie sich... um den Hals gelegt. Der Apotheker hat zugeschaut, er ist ihr den ganzen Vormittag nachgegangen.

DER ALTE IGER *derb* Der Apotheker!

PAVLOVITSCH Setz dich zum Tisch und red keinen Unsinn.

MILKA Aber er ist ihr wirklich... *Setzt sich, von der Mutter gezogen.* Spielen wir etwas!

PAVLOVITSCH Schon wieder redest du Unsinn! Wie kommst du dazu, vor den Gästen solchen Unsinn zu reden!

DER ALTE IGER Laß sie, Papachen, heut ist ein Festtag.

MUTTER Ja, wirklich.

PAVLOVITSCH Ein Festtag ist. Da fällt mir ein, wir haben es unserer Tochter noch gar nicht gesagt. *Zeigt auf die Verlobungspakte.* Dein Festtag ist heute, Tochter! Deine Verlobungsfeier! Gib ihm die Hand, deinem Verlobten. *Zum* ALTEN IGER Das Übrige werden sie ohne uns besorgen. Nun! Gib ihm die Hand!

DRAGA *folgt ihm zögernd. Der* JUNGE IGER *verbeugt sich und küßt ihr die Hand.*

PAVLOVITSCH Bravo! Der versteht's. Der hat Manier! Das hab ich mir immer gedacht, daß er es versteht. Ihr seid ein Paar. Hier ist es schwarz auf weiß, meinen Segen habt ihr. Lebt gut miteinander wie ich und Mutter gelebt haben. Aber da fehlt uns noch einer. Wo bleibt die Hauptperson!

MUTTER Er fehlt hier wirklich.

MILKA Onkelchen fehlt.

PAVLOVITSCH Unser Kapital!

DER JUNGE IGER Ist er ein Bankier?

PAVLOVITSCH Ein Bankier ist er sozusagen. Unser Bankier. Wenn er nicht will, gibt er kein Geld heraus und dann kann ich noch so zetern. Jetzt verkauft er mir den Wald. Er will es so, es muß geschehen. Er ist so eine Art strenger Hausgeist bei uns. Er bewacht das Haus, er bewacht das Gut, er bewacht die Mädchen, er bewacht uns alle. Er wacht gut.

MILKA *ist zur Tür gelaufen.* Onkelchen!

BOGDAN STOITSCH *tritt ein.*

MUTTER Die höchste Zeit, daß Sie kommen, Bogdan Stoitsch.

PAVLOVITSCH Setz dich zu uns, wir feiern.Da liegen die Pakte schon unterschrieben. Du bist mein Verwalter, du mußt auch unterschreiben. Unterschreib diese Pakte, damit sie gut genäht sind.

BOGDAN STOITSCH *betreten* Was soll es für einen Sinn haben, Stjepo Pavlovitsch, daß ich unterschreibe.

PAVLOVITSCH Sinn? Setz dich und unterschreib. Sei nicht so bescheiden. Damit kommt man nicht weit.

BOGDAN STOITSCH *tapfer* Ich bitte, mich zu entschuldigen.

PAVLOVITSCH Wie? Du unterschreibst nicht?

BOGDAN STOITSCH *schlicht* Nein.

PAVLOVITSCH Du sagst nein. Auch gut, man kann auch einmal nein sagen. Das ändert nichts. Ich will dirs nicht übel nehmen. Du hast nicht nachgedacht, wie du nein gesagt hast.

MILKA Du hat nicht nachgedacht, Papa!

PAVLOVITSCH *gereizt* Du sei ruhig. Geh weg. Weg von hier. Halt den Mund. Geh mir aus den Augen.

MILKA *steht auf und spricht zur Wand.* Weil sie so gut

ist... weil sie so gut ist... i c h werde es nicht tun... lieber geh ich durch...

PAVLOVITSCH *brüllt* Geh mir aus den Augen!

MUTTER Sie meint's nicht so...

DER ALTE IGER *macht seinem Sohn ein Zeichen.*

DER JUNGE IGER *holt flink die Goldkette hervor und legt sie* DRAGA *in die Hand.*

BOGDAN STOITSCH *wendet sich ab.*

PAVLOVITSCH Zieh sie ihr an!

DER JUNGE IGER *legt ihr die Kette an und küßt ihr die Hand. Er zieht einen Spiegel aus der Tasche und reicht ihn ihr hin.*

DRAGA *betrachtet sich und lächelt verlegen.*

BOGDAN STOITSCH *wendet sich zur Tür.* Mich werden Sie entschuldigen...

PAVLOVITSCH *zwinkert dem* ALTEN IGER *zu.* Jetzt hat sie genug Ketten!

ZWEITER AKT

Ein Festsaal. Eine lange Tafel setzt sich in den nächsten Raum fort, als wäre sie endlos. In der Mitte sitzt Draga *im Brautkleid. Neben ihr an der Tafel rechts: die Brautmutter, der Brautvater, der* alte Iger, Bogdan Stoitsch *und die Verwandten der Braut. Neben dem* jungen Iger, *von der Mitte nach links, sein Schulfreund* Schwab, *ein langsamer Sprecher. Es folgt ein leerer Stuhl, dann sieht man noch die beiden Schwestern und einige der Geschäftsfreunde des* alten Iger. *Die Girlanden an den Wänden sind dick, die Musik ist nicht zu laut. Die Gäste unterhalten sich zwanglos. Während* Der alte Iger *zu sprechen beginnt, rückt der* Student *seinen Stuhl heran und läßt sich etwas hinter dem Brautvater nieder. Es ist ein junger Mediziner, aus der Verwandtschaft der Braut, der die behäbigen Leute auffallend überragt.*

Der alte Iger *steht auf und beginnt* Lieber Freund Pavlovitsch, ich lasse es mir nicht nehmen, nun meinerseits das Wort an Dich zu richten. Ich sage und ich sage es mit Recht: schon als Kinder waren wir befreundet. Unschuldige Kinder waren wir, haben zusammen gespielt, und es hat keine Balgerei gegeben, in der Pavlovitsch nicht bei Iger und Iger nicht bei Pavlovitsch gestanden ist. Ist das richtig, Stjepo Pavlovitsch?

Pavlovitsch Auf der Schulbank sind wir nebeneinander gesessen und nicht zu unserem Schaden, kann ich berichten. Erinnere dich Freund, wie die Burschen sich mit der Addition abplagten, die kritzelten lange herum, wir beide, haha, wir reckten uns den Hals aus, um es hinauszuschreien, denn wir hatten es längst im Kopf ausgerechnet.

IGER Ich darf wohl sagen, Stjepo, du warst der bessere Rechner.

PAVLOVITSCH *laut herausplatzend* Falsch! Du rechnest besser!

ALLE GÄSTE *lachen.*

DER ALTE IGER Unsere Väter haben uns nicht verhätschelt. Von der Schulbank sind wir in den Laden gekommen und wir mußten überall zupacken. Wie kurz aber unsere freie Zeit auch war, Pavlovitsch und Iger haben sie zusammen verbracht. Stimmt das, Freund?

PAVLOVITSCH Das stimmt, das stimmt! *Er hebt das Glas, die Gäste trinken einander zu.*

DER ALTE IGER Als ich mein Weib heimführte, da waren zwei Brautpaare vor dem Altar. Ist das richtig?

PAVLOVITSCH Vollkommen richtig! Da hab ich die Zlata mitgebracht.

ALLE GÄSTE Hoch! Hoch!

DER ALTE IGER Wie meine brave Frau gestorben ist – sie ruhe in Frieden – da ist mein Freund zu mir gekommen und hat mich getröstet und hat gesagt: du hast viel verloren, aber du hast nicht alles verloren. Ich und mein Weib werden dich doppelt liebhaben. *Er wischt sich die Augen.*

Und wie meinem Freund Pavlovitsch sein einziger Sohn gestorben ist, da bin ich zu ihm gekommen und hab gesagt: weine nicht länger, Freund, einen Sohn hast du verloren, einen hab ich großgezogen, er gehört uns beiden.

ALLE GÄSTE Bravo! Bravo!

Der alte Iger Hat nicht mein Freund Pavlovitsch gesagt, ich bin ein guter Rechner? Jawohl, der bin ich. Denn ich bekomme eine prächtige Tochter für meinen Sohn! Ich will da keiner nahe treten, aber kein Mädchen in unserer Stadt ist wie meine Tochter Draga. Gesittet, gehorsam und vorzüglich gewachsen. Trinken wir ein Hoch auf meine Tochter Draga.

Alle Gäste *stoßen an und trinken.*

Pavlovitsch *schmunzelnd* Das hast du gut und schön gesprochen, aber jetzt setz dich und essen wir weiter. *Schreit* Die Kapaune! *Diener in bosnischer Tracht bringen auf großen Schüsseln Kapaune. Die Gäste greifen zu, ohne Ziererei.* Pavlovitsch *nimmt eine Keule und beißt hinein.* Draga *rührt nichts an.*

Mutter Iß doch, Kind.

Während die Gäste schmausen, tönt wieder die Musik. Ein Lied wird gesungen: »Das glückliche Brautpaar«. Ein Gast ist zu spät gekommen, er setzt sich auf den leeren Stuhl. Die Umsitzenden begrüßen ihn mit Hochachtung.

Der junge Iger *spricht immer rasch und lebhaft. Er wendet sich an seine Braut und fragt sie hastig.* Wer ist das? *Noch ehe sie antwortet, wirft ihm sein Nachbar einen Blick zu.*

Schwab *träge* Das ist Bessarovitsch.

Der junge Iger So! Das ist Bessarovitsch. Er ist doch Präsident ... *Er besinnt sich und flüstert.*

Erste Tante *des* jungen Iger Sehr mürb.

Zweite Tante Gut unterspickt und saftig.

Erste Tante Sind die Kapaune aus Ihrer Zucht, Stjepo Pavlovitsch?

PAVLOVITSCH *mit vollem Munde* Nein, nur aus meiner Tasche.

ALLE GÄSTE *lachen.*

DER STUDENT *halblaut* Keine Inzucht.

PAVLOVITSCH *zum* ALTEN IGER Freut mich, daß es deinen Schwestern schmeckt! Den Tanten! Schmeckt ihnen besser als bei dir!

DER ALTE IGER Warte, du Hund, bis die Geschenke kommen.

MILKA *eilt auf* DRAGA *zu, flüstert.* DRAGA *will sich erheben.*

MUTTER *leise* Das schickt sich nicht für eine Braut.

MILKA *spricht leise* Nimm ihn schnell...

PAVLOVITSCH Was ist denn los?

MILKA Ach nichts, gar nichts.

MUTTER Draga hat einen Brief bekommen, eine verspätete Gratulation.

PAVLOVITSCH Einen Brief! Laß sehen.

MILKA *heftig* Er ist für Draga.

PAVLOVITSCH Gib den Brief her, du Frosch. *Er entreißt ihr den Brief.*

MUTTER Jetzt ist unsere Tochter verheiratet, Vater, jetzt darfst du ihre Briefe nicht öffnen.

PAVLOVITSCH Blödsinn. *Er reißt den Brief auf und sucht an seinem Bauch herum.* Wo ist mein Kneifer!

MUTTER Draga will ihn selbst lesen.

DER ALTE IGER Gib her, Freund, ich les ihn dir vor. *Auch er sucht an seinem Bauch herum.* Wo ist jetzt mein Kneifer.

DER STUDENT *springt auf, nimmt ihm höflich den Brief aus der Hand.* Gestatten Sie, ich werde vorlesen. *Er überfliegt hastig den Brief und zögert.*

DRAGA *blickt ihn angstvoll an.* Ich möchte doch lieber...

DER ALTE IGER Also los!

DER STUDENT *liest vor, und stockt bei jeder Verneinung.* Draga Pavlova, Sie haben mir k e i n e n Blick gewährt und doch haben Ihre Augen mich versengt. Sie haben mir k e i n Versprechen gegeben und doch zittert mein Herz. Sie haben mir k e i n e Stunde geschenkt und doch kann ich keine Stunde ohne Sie leben. Ihre Wangen sind blaß geworden, Draga, meine Teure, Ihr Leib ist schmal. Fliehen Sie fort, fliehen Sie mit mir! Ihre Wangen sollen erglühen, Ihr Herz soll jauchzen! *Er zögert* Kommen Sie, kommen Sie rasch...

DER JUNGE IGER Lesen Sie weiter, guter Freund, trink meine Liebe... *Er legt den Arm um* DRAGA *und hält ihr das Glas vor die Lippen. Sie trinkt gehorsam.*

DER STUDENT *liest weiter.* Kommen Sie rasch, ich erwarte Sie an der Brücke, wo ich jeden Tag gewartet habe, auf die Minute, die Sie vorüberschritten, wie eine wunderbare Erscheinung. Ich erwarte Sie, Draga, und wenn Sie nicht kommen, ist das Wasser tief genug.

DRAGA *schreit auf. Der* JUNGE IGER *drückt sie auf ihren Sitz nieder und benetzt wieder ihre Lippen. Er faßt ihre Hand und küßt sie.*

GÄSTE, *vorzüglich* DAMEN, *die früher unsichtbar waren, kommen herein. Darunter auch zwei Komiteedamen.*

BOGDAN STOITSCH *hat sich hinter die Braut gestellt.* Beruhigen Sie sich Draga, beruhigen Sie sich, liebes Kind!

DER ALTE IGER Eine schöne Geschichte!

PAVLOVITSCH Eine Niedertracht!

DIE GÄSTE, *besonders die Damen, murren und sehen* DRAGA *entrüstet an.*

ERSTE TANTE Gerade bei der Hochzeit!

ZWEITE TANTE Von w e m ist der Brief?

DER STUDENT Nicht unterzeichnet. *Er steckt den Brief rasch zu sich.*

MILKA Er ist vom Apotheker.

PAVLOVITSCH So eine Frechheit.

MUTTER Sie kennt ihn gar nicht.

ERSTE TANTE Wie darf er sich dann unterstehen zu schreiben!

ZWEITE TANTE Und sich solche Hoffnungen zu machen!

ERSTE TANTE Gerade bei der Hochzeit!

ZWEITE TANTE Und nicht einmal unterzeichnet!

ERSTE TANTE Und das noch dazu vor Bessarovitsch!

ZWEITE TANTE Das alles vor Bessarovitsch.

DER STUDENT Verzeihen Sie, wer ist Bessarovitsch?

ERSTE TANTE Das wissen Sie nicht!

ZWEITE TANTE Nicht einmal d a s wissen Sie!

DER ALTE IGER Bringt mir diesen Apotheker her!

PAVLOVITSCH Ich erschlag ihn! Bringt ihn her, daß ich ihn erschlag! Wo ist er! Schafft ihn her! Stoitsch, tu du mir die Liebe!

BOGDAN STOITSCH Wie kann ich ihn denn finden...

ERSTE TANTE Er wartet doch auf der Brücke, das steht doch im Brief. Dort hat er sich mit ihr immer getroffen.

MILKA Draga hat sich n i c h t mit ihm getroffen. Er ist immer dort gestanden, wenn wir vorüber sind. Sie hat ihn nicht einmal angeschaut.

DER ALTE IGER Was hat er denn gesagt, wenn sie vorüber ist?

MILKA Nichts hat er gesagt. Er hat sie immer nur angesehen. Sie kennt ihn gar nicht.

ERSTE TANTE Woher weiß er ihren Namen?

MILKA Aus der Apotheke. Wir waren oft drin. Er hat mich ausgefragt.

PAVLOVITSCH Warum hast du ihm geantwortet! *Er will sie schlagen, sie entwischt ihm.*

MILKA Er hat mir Zuckerstangen gegeben.

DER ALTE IGER War das oft, daß ihr in die Apotheke gegangen seid?

MILKA Wir waren immer beide drin, sie war nie allein.

BOGDAN STOITSCH Seit ihrer Geburt ist sie nie allein ausgegangen.

MUTTER Unsere Tochter wollte das gar nicht.

PAVLOVITSCH Das hätt ich ihr auch nicht geraten.

SCHWAB Ich hab sie nie allein gesehen.

ERSTE TANTE *zum* JUNGEN IGER Und du, Neffe, sagst gar nichts?

ZWEITE TANTE Du sagst gar nichts? Du bist viel zu gut.

ERSTE TANTE Du bist zu nachsichtig. Wohin soll das führen!

SCHWAB Das geht aus dem Brief hervor, daß sie sich nie getroffen haben. Nicht einmal einen Blick hat sie ihm gewährt, steht drin.

DER STUDENT Jawohl, das geht hervor.

SCHWAB *zum* JUNGEN IGER Wenn du sie nicht willst, gib sie mir. Ich heirate sie sofort.

DER JUNGE IGER *springt auf. Er lacht sehr gewinnend.* Die Geschenke!

Von zwei Dienern in bosnischer Tracht werden die Geschenke hereingetragen.

DER ALTE IGER Bravo, mein Sohn!

DER JUNGE IGER *zieht aus der Truhe grüne, gelbe, rote At-*

laspantoffeln heraus und reicht sie den Damen über die Tafel.

Erste Tante Wie schön!

Zweite Tante Grün ist meine Farbe!

Eine Komiteedame Welche Artigkeit.

Zweite Komiteedame Wie fein ausgedacht.

Mutter *nimmt* Bogdan Stoitsch *beiseite.* Sprich mit ihm, lieber Freund, ich bitte dich. Verhüte das Unglück.

Bogdan Stoitsch *verneigt sich* Ich will ihn suchen ... *Er geht.*

Der junge Iger *zieht ein Paar silberne Pantoffeln heraus.* Die schönsten gehören ... *Er reicht sie* Draga.

Mutter *lächelt* Die schönsten ...

Der junge Iger *befiehlt* Weiter! Macht rasch! Was ist denn!

Die Diener bringen bunte Tücher auf einem großen Tablett. Der junge Iger *reicht den Damen seidene Sacktücher. Dann zieht er eines aus Spitzen heraus.*

Das schönste ... *Er reicht es* Draga. Weiter! *Ein Kästchen mit Silberschmuck wird gebracht. Der* Junge Iger *verteilt Ringe, Ketten, Ohrgehänge. Die Damen staunen. Er nimmt einen Haarreifen.* Der schönste ... für Draga.

Erste Komiteedame Ein nobler Charakter.

Erste Tante Unser Neffe.

Zweite Tante Der Sohn unseres Bruders.

Zweite Komiteedame Diese Noblesse.

Die nächste Truhe enthält Puppen in der Nationaltracht. Der junge Iger *verteilt hastig die Puppen. Er überreicht seiner Frau zwei prächtige, einen Knaben und ein Mädchen. Er küßt sie auf die Stirn.*

DRAGA *nimmt sie und lächelt zum ersten Mal.*

MUTTER Ist das schön! Ist das aber schön! *Leise zu* MILKA. Siehst du...

PAVLOVITSCH *lacht laut* Eine ausgezeichnete Idee.

DER ALTE IGER Noch nicht aus unserer Zucht, aber aus unserer Tasche.

DER STUDENT *halblaut* Unzucht.

ERSTE TANTE Wie sinnreich.

ZWEITE TANTE Wie zärtlich.

ALLE DAMEN *drängen sich um den* JUNGEN IGER, *um ihm zu danken und ihre Freude zu bezeugen. Indessen zieht die* MUTTER DRAGA *von der Tafel weg ganz nach vorne.*

MUTTER Wein doch nicht! Sei ruhig! Siehst du nicht, was er für ein prächtiger Mensch ist! Wie ritterlich! Jede möchte ihn haben! Sei doch ruhig. – Wann hast du mit ihm gesprochen?

DRAGA Beim Basar.

MUTTER *erschrocken* Allein? Du bist mit ihm allein gegangen?

DRAGA Nur eine Stunde.

MUTTER Wohin!

DRAGA In die Allee.

MUTTER *entsetzt* Hat dich jemand gesehen?

DRAGA *zeigt auf den Studenten.* Nur der Cousin.

MUTTER Wie konntest du das tun.

DRAGA Er hat so gefleht.

MUTTER Du kanntest ihn doch nicht. Mit einem fremden Mann bist du ausgegangen.

DRAGA Er war mir fremd. Aber jetzt, jetzt ist mir, als wären alle fremd, nur er nicht.

MUTTER Still. Wein nicht. Das geht vorüber. Das haben wir Frauen durchzumachen. Du hast einen prächtigen Mann. Das hab ich jetzt erst gesehen. Schau, wie die Frauen ihn umtanzen. Jede wäre froh mit ihm. Er ist ein Halt im Leben, eine Stütze. Das Leben verläuft nicht glatt. Es kommen Stürme. Schwere Kämpfe. Nicht jeder Mann kann dich schützen. Du weißt nichts, Kind. Das geht alles vorüber und man findet dann Ruhe. Geborgenheit und Ruhe. D a s bleibt. Du wirst vergessen.

DER STUDENT *tritt auf* DRAGA *zu. Er verneigt sich und reicht ihr den Brief.* Es ist vielleicht besser... *Er flüstert, verneigt sich und stellt sich zu der Gruppe um den* JUNGEN IGER.

DRAGA *entfaltet den Brief, liest und erschrickt.* Er hat etwas anderes geschrieben... er hat geschrieben...

MUTTER *nimmt den Brief, liest und erschrickt.* Da steht doch... *sie liest halblaut.* ›Sie haben mir einen Blick gewährt und Ihre Augen haben mich versengt. Sie haben mir ein Versprechen gegeben und mein Herz zittert voll Hoffnung‹ Du hast ihm ein Versprechen gegeben! Du hast ihm versprochen... wie konntest du das ... Dein Vater meint es dir gut, es kann ein Krieg kommen... er will dich schützen... *liest weiter* ›Sie haben mir eine Stunde gewährt‹... Du hast ihm eine Stunde...

DRAGA In der Allee, ich hab es dir doch erzählt.

MUTTER Seid ihr gesessen?

DRAGA Wir sind auf und abgegangen.

MUTTER *sanft* Der junge Student hat dich gesehen... Kind. Er ist ein Verwandter... wenn nur er dich gesehen hat... *liest* ›und ich kann keine Stunde mehr leben ohne Sie‹ *unterbricht* Da hast du was Schönes angerichtet. So ein unbesonnener Brief!

DRAGA *liest mit. Verwundert.* Er hat ihn ganz anders vorgelesen.

MUTTER Er hat dich gerettet. Ein feiner junger Mann. Er ist dein Cousin zweiten Grades.

DRAGA Ich hab Angst.

MUTTER Er hat dich doch gerettet. Er studiert Medizin...

DRAGA Nicht deshalb hab ich Angst...

MUTTER Unsinn! Bogdan Stoitsch ist zur Brücke gelaufen, ich hab ihn geschickt. Er wird ihn beruhigen und ihm Vernunft beibringen. Sei jetzt ruhig, sei mein frommes Kind. Das ist Sünde, daß du jetzt weinst, bedenke, was du am Altar gelobt hast. Wein nicht.

DRAGA Du weißt nicht, ich hab ihm versprochen, am Morgen zu kommen. Ich hab es fest versprochen, er wollte, daß wir...

SCHWAB und BESSAROVITSCH *kommen nach vorne.*

SCHWAB Weinen Sie nicht, Draga, gefällt Ihnen der Iger nicht? Recht haben Sie, mir gefällt er auch nicht. Heiraten Sie doch mich, meine Teure, gehen wir zurück und heiraten wir sogleich. Heiraten wir sogleich noch einmal.

MUTTER *leise zu ihr.* Es ist eine Schande...

BESSAROVITSCH Wie ist das bei euch auf den Hochzeiten, darf die Braut tanzen? Drüben wird getanzt. Darf ich mit ihrer Tochter tanzen?

MUTTER Es wird uns eine Ehre sein, Herr Präsident.

DIE BEIDEN TANTEN *sind nach vorne gekommen.*

ERSTE TANTE Da haben Sie einen so edlen Mann bekommen und weinen!

SCHWAB *beiseite zu* BESSAROVITSCH. Das sind seine Tanten, die Schwestern vom alten Iger.

BESSAROVITSCH Ich verstehe nicht, es sind wohlhabende Leute, das Mädchen ist schön …

SCHWAB Das Kapital muß sich verdoppeln, hier wie überall bei den reichen Leuten.

ERSTE TANTE Sie war jeden Vormittag auf dem Basar.

ZWEITE TANTE Ich hab sie allein gesehen.

ERSTE TANTE Und auch nicht allein.

ZWEITE TANTE Ist auch nicht anders möglich. Milka ist in der Schule, Zlata geht seit zwanzig Jahren am Vormittag nicht aus. Das Haus wird ihr brennen und sie wird nicht herausgehen. Sie schleppt ihr Fett nicht hinaus. Pavlovitsch hat nicht wissen dürfen, daß seine Tochter sich auf dem Basar herumtreibt.

ERSTE TANTE *zu* DRAGA Mit wem sind Sie vormittags immer auf dem Basar herumgegangen? Zlata geht nicht aus, nicht wenn ihr das Haus überm Kopf zusammenbrennt, schleppt sie ihr Fett hinaus. Mit wem also?

DRAGA Mit … Bogdan Stoitsch.

BEIDE TANTEN *rufen* Bogdan Stoitsch!

DER STUDENT *eilt hinaus.*

MUTTER Er wird gleich hier sein, ich hab ihn ins Haus geschickt. *Leise zu* DRAGA. Jetzt haben wirs, das Unglück ist geschehn. Um Gottes und aller Heiligen Willen, da kommt er!

BEIDE TANTEN Da ist Bogdan Stoitsch!

BOGDAN STOITSCH *tritt vor und verneigt sich.*

ERSTE TANTE Sagen Sie, Stoitsch, mit wem ist Draga immer auf den Basar gegangen, mit Milka?

BOGDAN STOITSCH *wischt sich mit einem Tuch über die Stirn.* Wie meinen?

Zweite Tante Mit wem ist Draga jeden Vormittag auf den Basar gegangen, Stoitsch?

Bogdan Stoitsch Vormittags auf den Basar? Mit mir, gnädige Frau, immer mit mir.

Die Tanten *murren. Die* Mutter *drückt* Stoitsch *unbemerkt die Hand.* Der Student *kommt zurück.*

Bogdan Stoitsch *zur* Mutter Es steht schlecht.

Mutter Erschrecken Sie mich nicht, sprechen Sie bitte.

Bogdan Stoitsch Es ist leider zu spät gewesen...

Mutter Wie, zu spät? Sprechen Sie, Lieber.

Bogdan Stoitsch Er ist tot.

Mutter Wie entsetzlich!

Bogdan Stoitsch Wie ich ankam, wurde er herausgezogen. Ich bin zurückgeeilt, damit man die Abfahrt verzögert. Damit sie es nicht sieht.

Mutter Was für ein Unglück, was für ein großes Unglück. Mein armes Kind darf nichts erfahren. Sie wollte ihn in der Früh noch treffen, sicher hätte sie es verhüten können... ich bitte Sie, lieber Freund, stellen Sie sofort Wachen auf, damit niemand hereinkann.

Bogdan Stoitsch *verneigt sich.* Draga *will auf ihn zu, er weicht ihr aus und geht.*

Mutter *zieht den* jungen Iger *nach vorne.* Ich muß dich sofort sprechen, mein Sohn.

Der junge Iger *löst sich liebenswürdig von den Damen los.* Die Pflicht ruft mich.

Mutter Ein großes Unglück ist geschehen. Er hat sich umgebracht.

Der junge Iger Umgebracht? Wer hat sich umgebracht?

MUTTER Still! Sie darf es nicht erfahren. Der Apotheker! Du mußt rasch mit ihr fort. Bring sie weg. Ich hab Angst, sie tragen uns noch die Leiche vor die Schwelle.

DER JUNGE IGER *macht eine Handbewegung.*

MUTTER Ich sag dir, das kommt vor! Laß sie keinen Augenblick allein! Geh zu ihr! Sie darf nichts erfahren!

DER JUNGE IGER *geht auf* DRAGA *zu. Er sucht nach Worten, es fällt ihm nichts ein.* Wir... das Fest...

SCHWAB *wie er ihn kommen sieht.* Heiraten Sie mich, Draga.

BESSAROVITSCH Nach den vielen Hindernissen wird es doch endlich gestattet sein, daß ich mit der Braut tanze.

DER JUNGE IGER *zieht aus der Tasche Perlen, zu* DRAGA. Eine Perlenschnur!

DRAGA *überrascht* Perlen!

BESSAROVITSCH Sehr gut geformte Perlen.

SCHWAB Große und kleine. Einmal im Leben bekommt man Perlen. Ich hätt ihr nur große geschenkt.

DER JUNGE IGER *heftig* Schweig! Sei ruhig! Wenn du den Mund auftust, wird mir schlecht vor dir!

SCHWAB Schon in der Schule haben wir uns nicht vertragen.

DER JUNGE IGER Schon damals ist er mir auf die Nerven gegangen.

MUTTER *kommt auf die Gruppe zu.* Darf ich bitten, Schwab, kommen Sie zur Jugend hinüber, dort wird Kolo getanzt. Wir brauchen einen Reigen. *Zu* BESSAROVITSCH Herr Präsident, wenn ich bitten darf! *Sie faßt die beiden Herren unter, die anderen Gäste folgen ihr nach.*

SCHWAB Gehen wir Kolo tanzen. Mit der Braut darf ohnehin nicht getanzt werden.

MILKA *ruft an der Türe.* Der Tanz beginnt!

BOGDAN STOITSCH *nähert sich dem* STUDENTEN. Sie haben meiner jungen Herrin einen großen Dienst erwiesen. Sie bittet mich, Ihnen zu danken. Sie haben Ihr sehr geholfen...

DER STUDENT Ich kann ihr leider nicht helfen.

MUTTER *eilt zurück auf das junge Paar zu.* Ihr müßt gehen, Kinder.

DER JUNGE IGER *legt ihr die Perlen um den Hals.*

MUTTER Perlen!

DRITTER AKT

I. SZENE

Nach dem Zusammenbruch der Monarchie. Die Ereignisse spielen sich neun Jahre später in der früheren Hauptstadt ab. DER JUNGE IGER *sitzt vor seinem Schreibtisch auf der rechten Seite des großen Raums. Das Zimmer verrät in einem Durcheinander von Möbelstücken mancherlei Bestimmung. Die linke Seite ist der Speiseraum, die Mitte dient zum Empfang der Gäste.*

AGENT *tritt durch die Mitteltür ein, die unsichtbar für ihn geöffnet wird und geht zaghaft auf* IGER *zu.* Der Herr Kommerzialrat hat mich zu Ihnen geschickt, weil Sie als großer Wohltäter bekannt sind. Es handelt sich um das Kinderblindenheim. *Leiert* Wohltäter bis zu fünfzig Schilling im Jahr sind Spender, Wohltäter bis zu hundert Schilling im Jahr sind Stifter. Wohltäter über hundert Schilling im Jahr sind Gründer.

IGER *spricht immer hastig. Diese Hast ist zuweilen abstoßend, zuweilen ist sie bezwingend.* Und wer tausend gibt?

AGENT *verdutzt, faßt sich rasch.* Bei einer Spende von tausend Schilling jährlich wird der Name des Wohltäters am Halleneingang prangen.

DRAGA *ist unbemerkt eingetreten, geht leise zum Fenster.*

IGER *zieht die Brieftasche heraus.* Also im neuen Blindenheim in der Halle. Wie groß ist die Tafel?

AGENT *zeigt* Zwanzig zu vierzig Zentimeter.

IGER Nicht sehr groß.

AGENT Dreißig zu sechzig.

IGER Und Goldbuchstaben.
AGENT Goldbuchstaben, versteht sich.
IGER Wie groß sind die Goldbuchstaben?
AGENT Die Inschrift bedeckt die ganze Tafel.
IGER Bei der Einweihung wird die Tafel prangen?
AGENT Versteht sich. Und bleibt für immer in der Halle.
IGER Wird man dabei sein können?
AGENT Sämtliche Gründer werden eingeladen.
IGER Ich muß eine schriftliche Bestätigung bekommen.
AGENT *eifrig* Mit allen Einzelheiten. *Er zieht einen Block aus der Aktentasche.* Alles steht auf dem Formular.
IGER *liest für sich.* Schreiben Sie ›Goldbuchstaben‹.
AGENT Versteht sich. *Er schreibt.*
IGER *hat ihm indessen Banknoten hingelegt.* Zehn. *Im selben Augenblick bemerkt er* DRAGA *und runzelt die Stirn.*
AGENT *hat das Zögern mißverstanden und nimmt rasch das Geld an sich.* Ich danke im Namen des Herrn Kommerzialrates. Der Herr Rat wird eigenhändig ein Dankschreiben abfassen.
IGER *mit einem Blick auf* DRAGA Ist gut. *Sie hat seinen Blick gefühlt und geht durch die Tür links ins Nebenzimmer.*
AGENT *entfernt sich unter Verbeugungen.* Ich danke nochmals für die hochherzige Spende...
IGER *begleitet ihn und kommt mit den beiden Komiteedamen zurück.* Sehr erfreut, sehr erfreut.
ERSTE DAME Wir stören nur einen Augenblick.
IGER *reibt sich vergnügt die Hände.* Ganz im Gegenteil. Bitte Platz zu nehmen. Freut mich unendlich. Hoffentlich klappt alles.

ERSTE DAME Es klappt und es klappt nicht. Für den Basar sind noch einige Porzellanfiguren zu besorgen, alles konnten die Waisenkinder nicht schaffen, sie modellieren alles selbst, aber hier kann man die Sachen nicht ausborgen, wie bei uns in der Heimat...

ZWEITE DAME Der Teppich, den Sie gespendet haben, ist ein Prachtstück.

ERSTE DAME Lassen Sie mich ausreden, Liebe. Dann ist noch ein Wahrsagerzelt aufgestellt worden, aber der Champagner fehlt. Einige Flaschen wurden zwar gespendet, aber ein Dutzend Schwalben machen noch keinen Sommer.

IGER Ein Champagnerzelt muß aufgestellt werden, ganz unbedingt. Schon damit die Wahrsagerin in Stimmung kommt.

ERSTE DAME *zur* ZWEITEN Sehen Sie, ich hab gewußt, daß Herr Iger Verständnis haben wird. Ich erinnere mich noch, wie Sie uns bei Ihrer Hochzeit beschenkt haben...

ZWEITE DAME Ich hab jetzt noch die Pantoffeln...

ERSTE DAME Lassen Sie mich ausreden. Der Präsident will heute eine Ansprache an Sie halten, Herr Iger, denn Sie haben ganz entschieden das Meiste beigetragen...

IGER Wieviel ist notwendig für das Champagnerzelt? Für ein nettes Zeltchen mit einem guten Trunk?

ZWEITE DAME Dreihundert Schilling wären...

ERSTE DAME *strafend* Fünfzig Flaschen müssen mindestens in der Bude aufgestellt sein, ich bekomme sie wesentlich billiger, denken Sie, unter dem Selbstkostenpreis! Von unserem Landsmann, dem Generaldirektor der »Vino«-Großhandlung. Für den edlen

Zweck, für die Waisenkinder. Mit einem zierlichen Kränzchen um jede Flasche... unsere Kolonie strotzt von Persönlichkeiten...

Iger Sind fünfhundert Schilling angemessen?

Erste Dame Zu generös, Herr Iger.

Zweite Dame Da können wir auch noch das Jux-Zelt bestreiten und Girlanden und Lampions.

Iger Bestreiten Sie, meine Damen, kaufen Sie, tun Sie, was beliebt, es ist mir ein Vergnügen, Ihnen zu dienen.

Erste Dame Sie sind ein großer Wohltäter. *Nimmt den Betrag in Empfang und schreibt eine Bestätigung.* Noch eines, Herr Iger, Ihre Frau muß heute abend auch dabei sein, wir bestehen darauf. Sie hält sich immer fern, uns ist das peinlich. Es ist sogar dem Präsidium aufgefallen. Es wirft auf uns ein schlechtes Licht, wir möchten nicht das Gefühl haben, daß wir zwischen Sie und Ihre Familie treten.

Zweite Dame *kokett* Wir möchten keine Ehe stören.

Iger Durchaus nicht. Sie war krank. Dann waren die Kinderchen krank, wie das so ist. Es geht besser, es geht alles besser, sogar gut, sie kommt, sie kommt bestimmt.

Erste Dame Von unserer Kolonie darf niemand fehlen.

Zweite Dame Sie wird überglücklich sein, über die Ehren, die man Ihnen heute erweisen wird. Ihrethalben erscheint das Präsidium vollzählig, weil der Präsident an Sie eine Ansprache halten wird. Das darf Ihre Frau nicht versäumen.

Erste Dame Ja, sie wird stolz auf Sie sein.

Iger Sie lebt... etwas zurückgezogen...

Erste Dame Wir müssen jetzt aber gehen, lieber Herr

Iger, herzlichen Dank im Namen der Waisenkinder, Sie sind ihr Vater.

IGER Zu viel Ehre. *Er begleitet sie zur Türe und setzt sich dann wieder.*

DRAGA *tritt zaghaft ein.* Der Schneider ist eben gekommen, er hat Mäntel für die Kleinen mitgebracht. Ich möchte dich bitten, sie auszusuchen. *Sie zerrt nervös an ihrem Kleid.* Der Kleine braucht einen Mantel, sein alter ist ihm zu kurz.

IGER *ohne aufzusehen, mit süßlicher Ironie.* Einen Mantel? Näh unten ein Stück Stoff an, wenn er zu kurz ist. Wer wird gleich einen Mantel kaufen, Liebe.

DRAGA Der alte Mantel ist ihm zu eng, das Kind friert.

IGER Zieh ihm ein Wollhemd an, ich hab das auch getragen.

DRAGA Dann wird der Mantel noch enger, jetzt quälst du mich den ganzen Winter damit.

IGER Hol dir Stoff aus unserem Geschäft und näh ihm zuhause einen Mantel.

DRAGA Du hast nur Nesselstoffe, da friert ein Kind, jeder Faden sitzt locker und geht auf.

IGER Es schellt jetzt schon zum zweiten Mal, sei so freundlich und öffne!

DRAGA *geht durch die Mitteltüre ab,* BESSAROVITSCH, *der Präsident des Bekleidungsvereins, tritt ein.*

IGER *erschrocken* Herr Präsident! Herr Präsident persönlich! In diesen bescheidenen Räumen! Darf ich bitten, es ist zu schlicht hier... zu einfach für...

BESSAROVITSCH *fein* Das spricht nur für Sie, verehrter Freund, Bescheidenheit und Renommé sind eine bezwingende Kombination.

IGER Darf ich fragen, womit ich sie verdient habe, diese

Ehre? Welchem Umstande verdanke ich das Vergnügen...

BESSAROVITSCH *bedächtig* Es handelt sich um eine heikle Angelegenheit, nichts Unangenehmes zum Glück, keine Hiobspost, es ist vielmehr eine Ehrung, die wir einem geschätzten Bürger unserer Heimatstadt zugedacht haben. Das heißt – indirekt ist es eine Ehrung – es handelt sich um eine Lieferung.

IGER Ah!

BESSAROVITSCH Geliefert werden sollen *er zieht ein Papier aus der Tasche* Stoffe für Mäntel an fünf Waisenhäuser. Das eine in unserer Stadt, die anderen vier in den angrenzenden Städten. *Liest* Dunkelblaue Mantelstoffe, wetterfest, warm. Ein Mantel soll sich mit Futter und den üblichen Aufschlägen auf hundertachtzig Dinar stellen, in unserer Währung. Nun haben wir beschlossen, uns wegen der Lieferung an Schwab zu wenden...

IGER *stottert entsetzt* Schwab... Schwab... e r bekommt den Auftrag!

BESSAROVITSCH *ahnungslos* Er ist uns als besonders kulant in Erinnerung, er hat doch als junger Mensch immer versucht, unsere Bäuerinnen von den bunten Stoffen abzubringen und ihnen die guten Stoffe zu erklären. Ein Versuch, der ihm schwerlich gelungen sein dürfte.

IGER Gewiß nicht, gewiß nicht.

BESSAROVITSCH Ich wollte Sie bitten, mir zu raten: Wie macht man einem solchen Ehrenmann diesen Vorschlag. Verstehen Sie mich recht. Es liegt gewiß keine Beleidigung darin, wenn wir ihm den Auftrag geben, wie macht man ihm nur klar, daß man ihn gewählt hat, weil er verläßlich ist, weil er gutes Material liefert, ohne daß wir ihn zwingen, sich mit dem Preis zu überbieten. Man will ihm nicht weh tun, will aber nicht mehr zahlen, als es der Fonds der Waisenhäuser gestattet. Verstehen Sie die heikle Frage?

IGER Vollkommen. Nicht leicht. Nicht ganz...

BESSAROVITSCH Das fürchte ich eben. Wir dachten, daß Sie vielleicht mit ihm sprechen könnten. Sie verstehen etwas von den Preisen...

IGER Es ist nicht leicht mit diesen empfindlichen Seelen, ich selbst bin genötigt, mit einer empfindlichen Seele sozusagen umzugehen. Ich habe eine im Haus, meine Frau, die Sie gesehen haben...

BESSAROVITSCH Das war doch Ihre Frau? Die Dame draußen? Sie Glückspilz, jung und doch alter Schlag, diese Haarkrone um die Stirn, ich war nicht sicher... ich habe sie als Braut gesehen... eine schöne Braut war sie... eine ganz richtige Braut.

IGER Und da hat man den Kummer, daß man ihr nicht bieten kann, was ihr gebührt, man lebt nicht über seinen Verhältnissen, die Zeiten sind noch immer nicht ruhig – sie ist übrigens verwandt mit Ihnen, Herr Präsident, eine kleine Seitenlinie. Gedulden Sie sich einen Augenblick, ich hole sie herüber. *Er geht ins Zimmer links und kommt mit* DRAGA *zurück, der er hastig etwas zuflüstert, was ihr offenbar widerstrebt.*

BESSAROVITSCH *der das häßliche Zimmer gemustert hat, erhebt sich.* Ich war vorhin nicht ganz sicher. *Er küßt ihr die Hand.* Ich war bei Ihrer Hochzeit, sehr schön haben Sie ausgesehen, eine schöne, weiße Braut.

DRAGA Das ist schon lange her...

IGER Es ist schwer, wenn man eine Frau hat. Man

möchte sie am liebsten verkaufen, man möchte ihr viel bieten, man kann nicht, unruhige Zeiten, statt Frohsinn gibt es Tränen.

BESSAROVITSCH Oh! Das tut mir leid.

IGER Sie weint und ich kann ihr die Tränen nicht trocknen. So schlecht steht es mit uns hier. Es wird besser werden, es wird bestimmt sehr bald besser werden, aber jetzt ist nicht das kleinste Geschäftchen in Aussicht. Sie will Mäntel anschaffen, Stoffe hab ich liegen, Berge von Stoffen, die besten Stoffe! Warme, blaue Stoffe, Mantelstoffe, Stoffe zu Spottpreisen, sie zerfallen mir, ich kann nichts machen, ich bin nicht imstande, ihr die Schneiderrechnung zu bezahlen, die Naht kostet zu viel. Das wird sich ändern, das wird sehr bald besser werden, der Herr Präsident ist verwandt mit dir, Liebe.

BESSAROVITSCH Das wußt ich gar nicht, daß es so mit Ihnen steht... Ich dachte, Ihr Schwiegervater hat... da muß sich doch etwas machen lassen, ich will nicht indiskret sein... Sie haben da etwas von Stoffen gesprochen, Sie hatten doch immer Kattun?

IGER Der Kattun geht hier nicht, wie bei uns, die Seide wieder ist zu hoch im Preis, ich führe warme Stoffe, gediegen und preiswert.

BESSAROVITSCH Ich denke nach, wie es kommt, daß man bei uns in der Heimat nicht auf Sie verfallen ist. *Fein* Wahrscheinlich, weil man bei uns nicht weiß, daß Sie jetzt Stoffe dieser Qualität und Art führen.

IGER Verehrter Herr Präsident, ich stamme aus einer verfolgten Familie. Ich will Sie nicht mit Schilderungen ermüden, aber mein Großvater hat sich vor einer Sieben gefürchtet, wie vor einem Feuer. Wenn mein

Großvater ein Los gewonnen hat und es war eine Sieben darunter, hat er das Los lieber verfallen lassen. Meinen Vater haben die Popen verfolgt. Wenn mein Vater einen Popen gesehen hat, hat er sich ins Bett gelegt und das Unglück abgewartet. Und es ist gekommen, es ist gekommen, Herr Präsident! Bring ein Glas Raki, meine Liebe, für unseren Gast!

DRAGA *geht zu einer Kredenz zur Linken.*

IGER Wir Igers sind verfolgt. Mich, Herr Präsident verfolgt seit meiner Jugend dieser Schwab. Im Laden hat er mich hinausgebissen, noch bei der Hochzeit wollte er mir die Braut wegnehmen!

DRAGA *gießt Likör ein.* Nein! *Sie reicht dem Gast das Glas.*

BESSAROVITSCH Merkwürdig. Ich entsinne mich, daß mir das damals aufgefallen ist, bei der Hochzeit, ich dachte damals, es ist Scherz... Man schätzt ihn so bei uns.

IGER Und jetzt ist er mir hierher nachgekommen, in diese große Stadt, in der ich mich verstecke, und hier hat er sich auch ein Geschäft aufgemacht und schnappt mir die Kunden weg. Seine Frau stolziert in Pelzen herum, meine Frau trägt einen alten Mantel. Meine Tanten können das nicht mehr mitansehen...

BESSAROVITSCH Aber Ihre Frau hatte doch eine schöne Apanage, so hieß es damals bei uns, ich will nicht indiskret sein... ich kann nichts Bestimmtes versprechen, aber ich will Einfluß nehmen, dann bekommen Sie die Lieferung, damit Ihre Frau ihrem Stande gemäß leben kann.

IGER Wenn mein Name dabei nicht genannt wird... er ist mein Feind, ich bin sein rotes Tuch.

BESSAROVITSCH Das wird sich schwer vermeiden lassen, ich muß korrekt vorgehen. *Er will sich erheben,* IGER *hält ihn zurück.*

IGER Einen Augenblick, Herr Präsident *er schiebt* DRAGA *hinaus und flüstert ihr zu* bring die Mäntel...

DRAGA Aber das sind doch nicht deine Stoffe...

IGER *schiebt sie hinaus.* Sie kommt sofort, Herr Präsident, noch ein Raki wird Sie beleben.

BESSAROVITSCH *trinkt* Sehr fein.

DRAGA *kommt mit zwei Kindermänteln zurück.* Du solltest aber doch...

IGER Sehen Sie sich das an, das ist Qualität, das ist die Qualität, die i c h liefere, zum Preis, den S i e bestimmen werden.

BESSAROVITSCH Das ist prima Qualität.

IGER Hol die Kinderchen, Liebe, daß sie die Mäntelchen vorführen.

DRAGA *führt die Kinder herein.* STJEPO *ist acht Jahre alt,* ZLATA *sieben.* IGER *hat dem Gast indessen das Futter und die Aufschläge gezeigt und seine Worte ›prima Qualität‹ wiederholt.*

IGER Zieh sie ihnen an. *Er hilft anziehen.* Wie das sitzt, wie das fällt, rühren Sie das an, Herr Präsident, das ist kein Stoff, das ist ein Diamant.

BESSAROVITSCH *erhebt sich, verbeugt sich vor* DRAGA, *streichelt die Kinder.* Ich werde mich der Sache annehmen. Ihre Schwestern haben ein Haus hier, Herr Iger, wenn ich mich nicht irre.

IGER Nicht meine Schwestern, die meines Vaters. Vor dem Zusammenbruch hat man sich hier angekauft, jetzt steckt man hier. Steckengeblieben, wie so viele von uns aus der Heimat. *Er führt ihn unter Bücklingen hinaus und kommt gut gelaunt zurück.* Das ist im Rollen...

DRAGA *zum Jungen* Gefällt dir der Mantel?

JUNGE Ja. Schön.

IGER Aber jetzt legen wir ihn ab.

JUNGE Gehört er mir, Papa?

IGER Bald gehört er dir, bis der Stein am Ziel ist. Aber jetzt noch nicht. A u s - z i e - h e n !

JUNGE Nein! Nein!

IGER Aus-zie-hen! Erst muß der Stein am Ziel sein.

DRAGA Laß ihnen doch die Mäntel.

IGER Gewiß, meine Liebe, gewiß laß ich sie ihnen, aber erst mußt du Einfluß nehmen. Du wirst sprechen, heute, heut auf dem Ball. Sprich und morgen haben sie die Mäntel. Mach es geschickt, was kostet es dich, ein Wort! Nichts! Aus-zie-hen!

DRAGA Kauf sie ihnen, kauf sie von meinem Geld.

IGER Ruf den Schneider. Das war gut, daß er die Mäntel gebracht hat. Sie können ein Auftrag werden. Heute gehen wir auf den Ball. Dich kostet es ein Wort, mit einem Wort kannst du ihnen diese Mäntel kaufen. Wir nachtmahlen zuhause, wir nehmen dort Tee. Nimm eine Scheibe Zitrone mit.

JUNGE Mama, warum weinst du?

II. SZENE

Ein Ballsaal, der aussieht wie ein Jahrmarkt. Auf der rechten Seite sind kleine Buden mit Lampions geschmückt. In der vordersten Bude sind Büsten und Figuren ausgestellt. Neben dieser ist das Champagnerzelt. Die Gäste sind Mitglieder der Kolonie. Einige Damen sind maskiert, einige auch kostümiert, die Herren sind im Frack oder im Nationalkostüm. Vor den Buden stehen zur Bedienung Waisenkinder neben den beiden Komiteedamen. Ganz links ist eine Tafel, mit der Schmalseite nach vorne. Um diese sitzen Igers Verwandte und Balldamen. Eben erscheint er selbst, enthusiastisch begrüßt, hinter ihm folgt DRAGA. *Sie trägt ein einfaches Kleid, sie ist sehr bleich.*

BALLGÄSTE Herr Iger! Herr Iger! Endlich!

ERSTE TISCHDAME Endlich sind Sie da, Herr Iger!

ZWEITE TISCHDAME Wir warten schon eine Ewigkeit auf Sie!

ERSTE TANTE Da bist du, Neffe, komm setz dich! *Zu* DRAGA. Du bist a u c h da!

DRAGA *setzt sich schüchtern. Der Kellner tritt an den Tisch. Noch ehe sie den Mund öffnet, sagt*

IGER Eine Portion Tee mit zwei Schalen.

ZWEITE TANTE Wo wart ihr so lange?

IGER *seufzt* Ja, wo waren wir so lange. Sie geht mir nicht aus. Bis ich sie heute hergebracht habe!

ERSTE TANTE Alle sind zu deiner Feier gekommen.

IGER *sieht sich um.* Sehr schön! Sehr schön! Die Lampions, die Fahnen, die Zelte! Das Champagnerzelt ist von mir.

ZWEITE TANTE *lorgnettiert das Champagnerzelt.* Prachtvoll!

KELLNER *bringt den Tee, sieht* DRAGA *dabei dreist an und sagt.* Ja, die schönste Dame.

IGER Schon recht. Danke. *Er nimmt verstohlen eine Zitronenscheibe aus der Tasche, wickelt sie aus dem Papier und wirft sie in seinen Tee.*

ERSTE TISCHDAME Wissen Sie, wo ich vorgestern Ihren Namen gehört hab, Herr Iger? Bei der Greisenstiftung. Sie sind eifrig gepriesen worden.

IGER Ah! Freut mich, das zu hören. Man hört das nicht jeden Tag.

ERSTE TISCHDAME Alle waren begeistert von Ihnen.

ERSTE TANTE *betont* Das Champagnerzelt hast du gespendet?

IGER Der Champagner ist von mir.

ZWEITE TISCHDAME Das sieht Ihnen wieder ähnlich, Herr Iger, Sie kaufen Champagner für die anderen und Sie selbst trinken Tee!

ERSTE DAME Superb! *Zu* DRAGA Sie können stolz sein, ehrlich stolz.

IGER *gekränkt* Meine Frau hat kein Verständnis dafür.

ERSTE TISCHDAME Wie traurig.

Ein FRÄULEIN *kommt auf* IGER *zu, mit einem großen Tablett.* Herr Iger! Konfekt zu wohltätigem Zweck. Sie versüßen sich dabei auch das Leben.

IGER *blickt auf das Tablett.* Was kosten die Kugelchen?

FRÄULEIN Fünfzig Groschen, Herr Iger.

IGER Und die Stangen?

FRÄULEIN Einen Schilling, Herr Iger.

IGER Und die Bonbonnieren?

FRÄULEIN Drei Schilling das Stück.

IGER *genießerisch* Also wieviele werden wir nehmen? Wir nehmen, wir nehmen *er nimmt das Tablett* das Ganze! Ist das genug? *Er reicht ihr eine Geldnote.*

FRÄULEIN *jauchzend* Hundert Schilling! Sie sind goldig! *Sie eilt erfreut zu den Zelten.*

ZWEITE TANTE Du bist ein guter Mensch.

IGER *stellt das Tablett in die Mitte des Tisches.* Bitte sich zu bedienen, meine Dame, bitte machen Sie mir die Ehre. Bedienen Sie sich, greifen Sie zu! *Zu* DRAGA. Nimm dir eins.

DRAGA *nimmt traumverloren ein Bonbon, löst es aus dem Papier und läßt es fallen.*

EIN MÄDCHEN *kommt auf* IGER *zu* Onkelchen! Kaufen Sie mir Lose ab! Für die Lotterie!

IGER Her damit!

MÄDCHEN Wieviel nehmen Sie, Onkelchen?

IGER Wie alt bist du, Kind?

MÄDCHEN Achtzehn.

IGER Gib achtzehn.

MÄDCHEN Sie sind ein Goldonkel!

ERSTE TANTE Der Goldmensch.

ERSTE TISCHDAME Warten Sie, Herr Iger, ich will die Nummern notieren...

MÄDCHEN Es sind der Reihe nach die Nummern zwanzig bis achtunddreißig. Vielen Dank! Ich muß zu den Zelten, ich muß es gleich berichten.

Die ERSTE *und die* ZWEITE KOMITEEDAME *sind bei den Zelten gestanden und haben Büsten und Champagner verkauft und den Waisenkindern Instruktionen erteilt. Jetzt treten sie an den Tisch.*

ERSTE KOMITEEDAME Darf ich bitten, Herr Iger.

ZWEITE KOMITEEDAME Einen Moment, Herr Iger.

IGER *springt auf, stellt sich mit ihnen beiseite.* Ich hab alles versucht! Ich hab getan, was in meiner Macht steht!

ERSTE KOMITEEDAME Das ist es ja eben, Exzellenz will Ihnen eine Auszeichnung verleihen, ich wollte Sie nur vorbereiten, damit Sie eine Rede halten können, eine Replique sozusagen, ich weiß, man ist gern präpariert...

IGER *stammelt* Eine... Auszeichnung? Einen... Orden?

ZWEITE KOMITEEDAME Es ist eine Indiskretion von uns, wir wollten Sie nur taktvoll vorbereiten, man gerät leicht in Aufregung, so können Sie heimlich eine Rede memorieren.

ERSTE TISCHDAME *ruft* Herr Iger! Kommen Sie doch endlich zu uns! IGER *entschuldigt sich mit einer Handbewegung, eilt zum Tisch, holt zwei Bonbonnieren, trägt sie den* KOMITEEDAMEN *hin.* Ein kleiner Waisenschmaus... *Er unterhält sich leise mit ihnen.*

ZWEITE TANTE *zur Tischdame neben ihr.* Die Schwab tanzt mit ihrem Liebhaber. Rückwärts. Wie sie sich aufführt!

DRAGA *erstaunt* Hat sie wirklich einen Liebhaber?

ERSTE TANTE Bist du wirklich so naiv oder stellst du dich nur so?

IGER *kehrt gut gelaunt an den Tisch zurück.*

DER JUNGE DOKTOR *tritt gleichzeitig auf* IGER *zu.* Gestatten Sie, daß ich Ihre Frau in eines der Zelte einlade? Wir sind ein wenig verwandt und ich war bei ihrer Hochzeit.

IGER Freut mich. Versuchen Sie es. Versuchen Sie.

DER JUNGE DOKTOR Darf ich bitten, gnädige Frau? Wir

haben uns bei Ihrer Hochzeit kennengelernt, ich war damals Student der...

DRAGA *gequält* Danke. Ich k a n n nicht.

IGER Geh! Geh, wenn man dich ruft! Unterhalt dich! Freu dich! Genieß! Genieß das Leben!

DRAGA Danke. Ich kann nicht. Ich kann wirklich nicht... Vielleicht später... ich bin etwas müde.

DER JUNGE DOKTOR Ich bedaure es. Ich werde später anfragen. *Er verneigt sich und geht nach rückwärts, wo getanzt wird.*

IGER *ruft mit einer Handbewegung die ganze Tischgesellschaft zu Zeugen an.*

ZWEITE TANTE Jetzt seht ihr es selbst. Mein armer Neffe!

ERSTE TISCHDAME Ein superber Mensch!

ZWEITE TISCHDAME *knabbert die ganze Zeit Konfekt.* Und so viel Charme.

Im Hintergrund tönt eine Stimme: ›Die Verlosung beginnt!‹ Ein Waisenknabe wird nach vorne geschoben und verliest die Nummern. Zu ihm tritt jeweils eine Balldame in Pagenkostüm und schwarzer Maske. Sie übernimmt die Preise und überreicht sie mit anmutiger Verbeugung dem Gewinner. Während der Verlosung wird es still im Saal. Die Ballgäste flüstern leise, einige nehmen an dem langen Tisch im Hintergrund Platz, in der Nähe der Tischdamen.

WAISENKNABE *ruft* Nummer drei! Eine chinesische Vase, nein, eine... Vase!

EINE DAME Drei! Hier! Ich habe drei!

PAGE *überreicht die Vase der Dame.*

DAME Die hab ich mir gewünscht! *Sie eilt nach rückwärts.*

WAISENKNABE Nummer vierzehn! Eine Spitzenhaube!

EIN HERR Hier ist Nummer vierzehn.

PAGE *überreicht die Spitzenhaube. Die Ballgäste lachen. Jemand ruft: ›Der Herr mit der Spitzenhaube!‹*

WAISENKNABE Nummer sechzehn! Eine Flasche Rotwein!

ZWEITE TISCHDAME Her mit dem Rotwein!

WAISENKNABE Nummer siebzehn! Eine Schmetterlingssammlung!

EINE ALTE DAME *humpelt nach vorne.* Hier ist Nummer siebzehn. Was bekomm ich? Eine Schmetterlingssammlung? Aber das ist ja schrecklich! So eine Grausamkeit, mir eine Schmetterlingssammlung zu geben! Mir, einer alten Dame! Wo ich drei Lose gekauft habe! *Zum* PAGEN. Ach bitte, möchten Sie es mir nicht umtauschen? Was soll ich damit anfangen, das ist eine Grausamkeit, mir das zu geben!

PAGE Das geht leider nicht.

ALTE DAME *zornig* Das geht nicht! Was soll das heißen, das geht nicht! Da soll man wohltätig sein! Was setzen Sie solche Preise aus! Unverschämt.

PAGE *leiert* Die Preise bestehen aus Spenden und aus den Arbeiten der Waisenkinder, sie modellieren die Köpfe und Figuren selbst.

ALTE DAME Warum haben sie nicht m e i n e n Kopf modelliert, da spendet man und spendet man, das ist unerhört, das laß ich mir nicht gefallen!

ERSTE KOMITEEDAME *eilt auf sie zu.* Wir werden Ihnen süßen Likör geben, gnädige Frau.

ALTE DAME Das ist etwas anderes. Das paßt. Aber Schmetterlinge… *Sie gehen nach rechts zum Champagnerzelt.*

WAISENKNABE Nummer zweiundzwanzig! Ein Clown!

ERSTE TISCHDAME *schreit* Herr Iger! Das ist eines von Ihren Losen! Hier ist Los zweiundzwanzig!

PAGE *reicht* IGER *lächelnd einen Clown.* Ein Bajazzo und er schneidet Grimassen, wie in der Oper.

IGER Danke sehr, danke vielmals. *Er setzt den Bajazzo auf den Tisch.*

DRAGA *leise* Ich hätt ihn gern für die Kinder.

IGER Sie haben genug Spielzeug.

WAISENKNABE Nummer siebenundzwanzig! Ein Geier!

ERSTE TISCHDAME Hier ist Nummer siebenundzwanzig.

ZWEITE TISCHDAME Doch nicht am Ende ein lebender Geier! Herr Iger! Sie haben einen Geier gewonnen!

ERSTE TANTE Wahrscheinlich aus Schokolade, oder aus Ton.

ZWEITE TISCHDAME Die Kinder machen das selbst aus Ton. Ich habe ihnen zugesehen. Unglaublich, was sie alles lernen!

ERSTE TISCHDAME Ausgestopft! Ein ausgestopfter Vogel! Was für ein häßlicher Schnabel! Ausgestopft mag ich sie eigentlich nicht.

IGER *stellt den Vogel auf den Tisch.* Da macht er wenigstens keinen Schmutz im Haus.

WAISENKNABE Nummer zehn! Ein Dukatenmännchen! *Alle lachen. Niemand bewirbt sich um Nummer zehn und der* PAGE *stellt ihn lächelnd zu den Gewinnen auf den Tisch.* Der macht dafür Schmutz im Haus.

ERSTE TISCHDAME Wie lustig. Das machen die Kinder selbst! Alles formen die Kinder selbst. Nur die bunten Figuren sind gekauft.

WAISENKNABE Nummer siebenunddreißig: eine Büste! Für Herrn Iger.

PAGE *überreicht die Büste Herrn* IGER. Ein Charakterkopf!

IGER Danke sehr, danke vielmals!

PAGE *leise* Das haben Sie nicht ganz zufällig gewonnen, Herr Iger...

IGER *versteht nicht, sieht die Büste an, versteht erst recht nicht.*

WAISENKNABE Nummer achtunddreißig! Haupttreffer! Ein Teppich!

ERSTE TISCHDAME Herr Iger! Sie haben den Teppich gewonnen! Das ist wie eine Fügung! Den schönen Teppich!

ALLE GÄSTE *applaudieren.*

ERSTE TANTE Den Teppich, den du gespendet hast!

Zwei Waisenkinder nähern sich, ein Knabe und ein kleines Mädchen. Sie bringen den Teppich und legen ihn Iger zu Füßen. Er beachtet sie nicht, er ist damit beschäftigt, den Ballgästen zu danken, die noch immer klatschen. Das kleine Mädchen zupft verlegen an der Papiermasche im Haar, der Knabe möchte etwas sagen, wagt es aber nicht. Plötzlich geschieht etwas Entsetzliches. DRAGA *steht auf, schleudert den Stuhl von sich, greift sich entsetzt an die Schläfen und schreit.*

DRAGA Meine Kinder!

Der ganze Saal verstummt und sieht sie erschrocken an.

IGER *hebt den Stuhl hastig auf.* Das sind nicht deine Kinder, das sind Waisenkinder, deine Kinder sind zuhause, in ihren Betten, denen geht es gut, setz dich, beruhig dich, unterhalt dich, deine Kinder sind zuhause!

DRAGA *besinnt sich und setzt sich stumm nieder. Dann erhebt sie sich, greift rasch nach einer offenen Bonbon-*

niere und schüttet den Inhalt den Kindern in die Händchen. Die Kinder bedanken sich und laufen davon. Der junge Doktor *hat die Szene beobachtet. Er will auf* Draga *zu, zögert aber und besieht sich anscheinend die Zelte.*

Iger *zu den Tanten* Das hat sie oft. *Er zeigt auf die Stirn.*

Waisenknabe Nummer siebenund…

Iger *schiebt ihn zur Seite und spricht zu den Gästen.* Meine Damen und Herren! Wir sind hier versammelt, wir haben uns zusammengefunden, um unsere Heimat nicht zu vergessen und um diesen *er zeigt auf den Waisenknaben* eine Heimat zu bieten, ein Obdach, denn was wären sie ohne uns, die Enterbten des Schicksals, die kein Vater schützt und kein Mutterauge bewacht. Ich schlage nun vor, meine verehrten Damen und Herren, wir verzichten auf die weitere Verlosung und spenden unsere Lose und Gewinne dem verehrten Komitee nochmals zum Verkauf!

Alle Ballgäste Bravo!

Der Herr mit der Spitzenhaube *legt diese zu* Igers *Gewinnen.*

Iger *nimmt sie alle vom Tisch, bettet sie in den Teppich, der* Page *hilft ihm damit zu den Zelten.*

Schwab *kommt auf* Draga *zu.* Wie geht es, teure Draga, Sie erlauben, daß ich meine Seele bei Ihnen erquicke. *Er setzt sich zu ihr.* Trinken Sie Wein, ein schöner Ball, aber nicht so schön wie bei uns daheim, dort hat alles mehr Farbe, mehr echte Farbe. Finden Sie nicht?

Draga Danke… ja, zuhause war es schön.

Schwab Da sind wir in dieselbe Stadt verschlagen – und sehen uns nie. Warum nicht, teure Draga, warum trifft man sich nirgends? Sie sehen, ich sag noch immer Draga, ich kann mich nicht daran gewöhnen, daß Sie jetzt eine Iger sind. Sind Sie auch nicht! Eine Iger sind Sie nicht! Eine Tochter Ihrer Mutter sind Sie geblieben, trinken Sie, meine Teure!

DRAGA Ich... trinke nie... es heitert mich nicht auf, im Gegenteil...

SCHWAB Sie trinken nicht, Sie tanzen nicht, hier sitzen Sie und lassen die anderen Unfug treiben. Schauen Sie meine Frau an, wie ein Irrlicht bewegt sie sich, man müßte sie mit Iger zusammenbinden, ich weiß nicht einmal, wo sie ist... *unsicher* Sehen Sie sie?

DRAGA Sie... wird in den Zelten sein.

SCHWAB Wie der Iger. Ich will Ihnen etwas verraten. Noch heute werde ich mich ihm höchst unangenehm machen. Ihrethalben unterlaß ich es, einen Skandal zu provozieren. Ich bin der Ihre, immer der Ihre. Er hat Sie mir weggenommen, gestohlen, und jetzt will er mich um die Ehre bringen, die unsere Heimatstadt mir erweist. Dieser Mensch ist imstande und stiehlt mir meine eigenen Augen. Dazu ist er imstande. Wissen Sie, meine Teure, er will mir eine Lieferung wegschnappen, eine Komödie führt er auf, der Gaukler, er hat...

DRAGA *leidenschaftlich* Lieber Freund, ich bitte Sie, erzählen Sie mir nicht davon.

SCHWAB Nein. Ich werde nichts erzählen. Sie haben ganz recht. Wie kommen Sie zu diesem Unflat. Ich verstehe Sie. Ich will mich jetzt verdrücken, Verehrte, ich seh ihn kommen.

IGER *eilt an ihm vorbei auf* DRAGA *zu.* Hast du mit ihm gesprochen? Hast du ihm gesagt, er soll verzichten? Für dich wird er verzichten, dann bekomme ich den Auftrag...

Das FRÄULEIN *und das* MÄDCHEN *stürmen auf* IGER *zu. Sie umarmen ihn beinahe.*

MÄDCHEN Herr Iger! Herr Iger!

FRÄULEIN Sie müssen zaubern, Herr Iger!

MÄDCHEN Alle warten auf Ihre Zauberkünste!

FRÄULEIN Sie müssen, Herr Iger, Sie sind ein Zauberkünstler!

MÄDCHEN Sie sind ein Zauberer, Herr Iger!

IGER Ich kann nicht, meine Damen, es geht nicht, ich hab nichts mit, ich hab nicht gewußt, daß die Damen mich bestürmen werden, zu liebenswürdig...

ERSTE TISCHDAME Er hat nichts mit! Wie schade!

ERSTE TANTE *spitz zu* DRAGA Warum hast du ihm nicht zugeredet!

ZWEITE TANTE Du hättest selbst die Sachen mitbringen sollen.

DRAGA *tonlos* Er hat alles mit, bei sich in den Taschen hat er es.

ERSTE TISCHDAME Sie haben alles mit, Herr Iger, hören Sie, Sie haben alles mit! Ihre Frau hat es uns verraten! Sie müssen eine Vorstellung abhalten!

ALLE DAMEN Bravo! Sie müssen! Jawohl!

IGER Es geht wirklich nicht. Ich bin nicht vorbereitet...

Die KOMITEEDAMEN *haben einen kleinen Tisch nach vorne getragen und stellen ihn in der Mitte auf. Der Tisch ist bis zum Boden mit einem Tuch bedeckt. Dahinter steht ein Sessel für* IGER, *der von den Gästen hingedrängt wird.* DRAGA *bleibt allein zurück. Nach einer Weile setzt sich der* JUNGE DOKTOR *zu ihr. Sie sprechen leise, ohne auf die Kunststücke des* IGER *zu achten.*

IGER Meine Damen! Es ist schön, von Ihnen umringt zu sein, aber ich kann es nicht dulden, daß Sie mir in den

Rücken fallen, denn Sie kommen auf meine Tricks, Sie bringen mich um mein Geheimnis! Bitte rechts und links stehen, meine Damen, so ists recht. *Er schwingt ein Tuch.* Hier ist ein Tuch, meine Herrschaften, nichts als ein Tuch, und hier ist ein Geldbeutel, meine Herrschaften, ein Tuch, ein Geldbeutel! Sie sehen das Tuch, Sie sehen den Beutel, Sie sehen n i c h t s! Der Beutel ist verschwunden, das Tuch ist leer, meine Damen, so leer wie der Kopf eines Studenten bei der Matura *Lachen* so leer wie der Magen eines Waisenknaben *Lachen* so leer wie meine Taschen beim heutigen Fest. *Lachen, Beifall.*

DAMEN Weiter! Weiter, Herr Iger!

IGER Meine Damen! Hier sehen Sie ein Papier! Ein großes rundes Papier! Ich zerreiße es! Ich zerreiße es, wie die Sonne den Nebel zerreißt, wie unser Herz zerreißt beim Anblick der Waisenkinder, wie die Strümpfe der Damen zerreißen, beim heutigen Tanz! *Lachen* Sie sehen, ich hab zerrissen, ich zerknülle, ich zerfetze, ich öffne die Hand, ich öffne das Papier, das Blatt ist ganz, das große runde Blatt, so rund wie der Mond, so rund wie ein Mondseer Käse, so rund wie die Erde.

ERSTE TISCHDAME *steht dicht bei ihm.* Sie zaubern bezaubernd, Herr Iger!

IGER Meine verehrten Damen! Hier ist meine Uhr und hier ist die Tischplatte. Ich lege die Uhr auf die Tischplatte. Greifen Sie, fühlen Sie, die Zeit liegt auf der Platte, die Zeit ist festgelegt, die Platte ist hart, so hart wie der Diamant, so hart wie das Herz des Geizhalses, so hart wie der Schädel unserer Bauern daheim. *Lachen* Ich lege die Uhr auf den Tisch, ich drücke, ich drücke sie durch, ich drücke sie durch die harte Tischplatte. *Zieht unter dem Tisch die Uhr hervor.* Hier ist sie, meine Damen, wohlbehalten wie der Säugling im Mutterleib, wie das Waisenkind in unserer Hut, wie ein Mädchen aus unserer Heimat vor dem Traualtar. *Lachen* Ein Trick, meine Damen, ein Trick, ein Igertrick!

ERSTE TANTE Was er alles kann!

ZWEITE TANTE Wie macht er das!

ALLE DAMEN Weiter! Weiter!

IGER Meine Damen! Hier ist ein alter Hut! Wie ihn der Vagabund trägt, wie ihn der Bettler vor uns hinstellt, damit wir unser Geld klirren lassen, ich lasse es klirren, ich lasse im Hut Goldstücke klirren. Eins, zwei, drei, vier, fünf, sechs, sieben, acht, neun, zehn – Goldstücke! Zehn Goldstücke sind im Hut, bitte zu sehen, bitte zu staunen, ich schüttle die Goldstücke, ich setze den Hut auf meinen Kopf, sie fallen nicht heraus! Sehen Sie meine Hände, meine Hände sind leer, entblößt wie der nackte Säugling, nackt wie die Wahrheit. Die Rechte weiß, was die Linke tut, beide tun das Rechte. Ich hebe den Hut ab, den Hut des Bettlers, er ist leer, und die Goldstücke, die ich dem Bettler gespendet habe, sie finden sich wieder, doppelt, dreifach, zehnfach. *Er springt auf den Sessel und kehrt seine Taschen heraus, es regnet Goldstücke.* Sehen Sie selbst, meine Damen, nur ein Trick, ein Igertrick!

Es schlägt Mitternacht. Von rückwärts ruft eine Stimme – es ist SCHWAB *– ›Demaskierung‹! Die Damen nehmen die Masken ab. Die neugierigen Herren drängen sich um sie und sehen sich die Gesichter an. Es entsteht eine Entfremdung zwischen* IGER *und den Gästen. Er* *steigt beleidigt vom Stuhl. Die beiden* KOMITEEDAMEN *stürzen daher auf ihn zu, um ihn zu beschwichtigen.*

ERSTE KOMITEEDAME Ich danke Ihnen sehr...

ZWEITE KOMITEEDAME Sie beleben das Fest!

ERSTE KOMITEEDAME Sie haben uns gerettet!

ZWEITE KOMITEEDAME Sie bringen Stimmung in den Saal!

ERSTE KOMITEEDAME Der Herr Kommerzialrat... *Sie drängen* IGER *nach rückwärts, wo er vor den Zelten umringt wird. Die Kavaliere flüstern mit den Damen, rechts spricht* DER JUNGE DOKTOR *auf* DRAGA *ein.*

DOKTOR Ich meine, was ich Ihnen erklärt habe. Sie sind in Gefahr, wenn Sie sich isolieren. Ihre Nerven werden Ihnen einen bösen Streich spielen.

DRAGA Ich isoliere mich nicht selbst...

DOKTOR Sie machen nichts aus ihrer Schönheit, Sie verstecken sie.

DRAGA Sie sind sehr freundlich.

DOKTOR Das hier ist nicht der Platz für Sie...

DRAGA Ich mußte mitgehen.

DOKTOR Ihr Mann zwingt sie dazu.

DRAGA Sie sagen doch selbst... ich soll...

DOKTOR Sie sind nur zum Schein hier.

DRAGA Es sieht nicht gut aus, wenn ich zuhause bleibe. Er ist sehr gesellig... und

DOKTOR Zu gesellig.

DRAGA Und wohltätig.

DOKTOR Zu wohltätig.

DRAGA Alle lieben ihn...

DOKTOR Und manche auch nicht.

DRAGA Ich versteh ihn nicht.

DOKTOR Das ist begreiflich.

DRAGA Ich kann ihm nicht schmeicheln.
DOKTOR Sie schmeicheln ihm durch Ihr Dasein.
DRAGA Zuhause ist er ganz anders...
DOKTOR Zuhause ist er brutal.
DRAGA Woher wissen Sie das?
DOKTOR Man sieht es ihm an und... Ihnen.
DRAGA Sie sehen es?
DOKTOR Sein Gesicht ist vergoldet.
DRAGA ... Übergoldet.
DOKTOR Es wird ihm die Poren verstopfen.
DRAGA Er wäscht sich wieder in Unschuld.
PAGE *kommt auf* DRAGA *zu, mit der Büste, die* IGER *bei der Verlosung gewonnen hat.* Die Damen vom Komitee wünschen, daß ich diesen Kopf zurückbringe, sie wünschen, daß Herr Iger ein Andenken mitnimmt. Er hat nämlich alle Gewinne zurückgeschickt. Die Waisenkinder haben das selbst modelliert. PAGE *stellt die Büste auf den Tisch, verneigt sich und geht zu den Zelten.*
DRAGA Ich kann aus diesem Kopf nicht klug werden, eine Dame hat gesagt, es ist ein Menschenfresser.
DOKTOR Der Kopf sieht Ihrem Mann ähnlich. Dieselbe Schnabelnase, die fleckige Farbe...
DRAGA Es ist Sünde, Ihnen zuzuhören... aber... es tut mir wohl.
DOKTOR Sehen Sie ihn doch an, diese Ähnlichkeit mit Ihrem...
DRAGA Bei uns in der Heimat machen sie aus Ton breite Blumentöpfe.
DOKTOR Sehnen Sie sich nach der Heimat?
DRAGA Ja. Sehr. Nach den großen Höfen, dem Basar...
DOKTOR Warum gehen Sie nicht zurück? Das hab ich vorhin gemeint, wenn ich sagte, Sie sollen sich retten.

DRAGA Zurück? Er geht nicht zurück.

DOKTOR Wenn ich sagte, Sie müssen unter Freunden leben, hier, das ist s e i n e Partei, hier sind Sie noch einsamer als allein zuhause bei Ihren Kindern.

DRAGA Es verlohnt sich ihm, hier zu bleiben.

DOKTOR Er klagt doch aber immer, wie man mir erzählt.

DRAGA Das ist auch ein Igertrick.

DOKTOR Warum sind Sie nicht davongelaufen, damals?

DRAGA Das hab ich versäumt.

DOKTOR An Ihrem Hochzeitstag.

DRAGA Er war unheilvoll. Ich hab damals einen Menschen in den Tod getrieben. Vielleicht ist das jetzt die Strafe... ja, ich bin gestraft...

DOKTOR Er hat sich umgebracht?

DRAGA Ich ahnte damals nicht, wie tief seine Neigung war.

DOKTOR So tief wie das Wasser.

DRAGA Sie wissen es?

DOKTOR Wäre es nicht tapferer gewesen, Sie zu schützen?

DRAGA Er konnte mich nicht vor mir selbst schützen.

DOKTOR Vor Ihrer Ahnungslosigkeit.

DRAGA Vor meiner Schwere. Ich liebte damals Ketten. Ich sammelte Ketten. Ich bekam Ketten. Sie sind mir geblieben... sie schienen so leicht.

DOKTOR Am schwersten war die Perlenkette.

DRAGA Was sagen Sie!

DOKTOR Ich war bei Ihrer Hochzeit.

DRAGA Sie... haben mich damals gerettet, ich weiß es. Sie waren ein junger Student. Wie klug Sie waren, wie rasch.

DOKTOR Vielleicht wäre es besser gewesen, ich hätte Sie nicht gerettet.

DRAGA Wie können Sie das sagen? Sie waren so artig... so rasch...

DOKTOR Dann wären Sie mit dem anderen geflohen.

DRAGA Als Sie den Brief verlasen... war er nicht mehr am Leben. Ich bin schuld. Ich bin so schwer. Die Frauen sind heute leicht. Man nennt das modern. Ich bin nicht modern, ich bin rückschrittlich. Ich kanns nicht ändern, es ist in mir. Wem sonst geschieht so etwas am Tag der Hochzeit... so hat sie begonnen... so schrecklich...

DOKTOR Hat man es Ihnen denn damals gesagt?

DRAGA Es wurde mir nachgerufen, als wir davonfuhren. Ein Fluch wurde mir nachgerufen. Vielleicht war es seine Schwester... kann man das auch leicht nehmen? Die Frauen schneiden sich jetzt die Haare ab, damit sie noch freier sind. Es ist ein Symbol... *Sie zeigt auf ihre schweren Flechten.*

DOKTOR Und Sie wissen nicht, daß der Tote lebt?

DRAGA Wie? Der Tote lebt? Was sagen Sie da!

DOKTOR Nichts. Ich hab Sie also damals gerettet.

DRAGA Wie haben Sie damals so rasch den Brief gelesen? Ich mußte oft daran denken.

DOKTOR *erfreut* Ja? – Ich war damals schon gewandt. Das ist keine Tugend, das ist auch modern.

DRAGA Ich hab den Brief aufgehoben.

DOKTOR Warum nimmt Ihr Vater Sie nicht zu sich?

DRAGA Er will sein Unrecht nicht zugeben – seit meiner Heirat denke ich nicht mehr an meinen Vater, wie ein Kind denken soll. Ich grolle ihm.

DOKTOR Das ist in Ordnung.

DRAGA Dann mache ich mir die bittersten Vorwürfe.

DOKTOR Das ist nicht in Ordnung. Sie haben Ihren Vater nicht nötig. Sie sind jung und schön... retten Sie sich!

DRAGA *zeigt in die Richtung des* IGER. Er würde mir die Kinder wegnehmen. Er weiß, daß es mich quält. Er haßt mich.

DOKTOR Sie können ihm nichts nachweisen, was?

DRAGA Sie verstehen... so gut...

DOKTOR Was für herrliches Haar Sie haben. Es muß schön sein, Ihr Haar zu streicheln. *Zärtlich* Jede Frau tröstet sich heimlich... wenn sie...

DRAGA *hilflos* Ich kann nicht. *Erschrocken* Soll ich Schande über meine Familie bringen?

DOKTOR Das ist der Zopf. Ihr Haar ist aber eine Krone. Sie sollen sich nicht hoffnungsloser Trauer hingeben. Sie sind gefährdet. Ich hab es Ihnen erklärt. Sie leben in einem düsteren Traum, Sie müssen aufwachen. Umnachtung ist, was Sie bedroht...

IGER *kommt angelaufen, gefolgt von seiner Tischgesellschaft. Er schnappt nach Luft.*

DRAGA Die Damen vom Komitee haben diese Büste geschickt. Sie kommen jetzt an den Tisch. Bedank dich bei Ihnen.

IGER *setzt sich* Sehr schön, sehr schön!

ERSTE TISCHDAME Der Menschenfresser aus dem Märchen.

ZWEITE TISCHDAME Er sieht so aus, nicht zum Verlieben.

ERSTE TISCHDAME Recht ungemütlich sieht er aus.

DOKTOR Man müßte ihn vergolden.

ZWEITE TANTE Das ist eine ausgezeichnete Idee, ich streich ihn dir mit Gold an, Bruder.

IGER *zerstreut* Sehr schön, sehr schön.

ERSTE TANTE Du stellst ihn ins Speisezimmer.

IGER Wird sich gut machen.

DOKTOR *zu* DRAGA. Gefällt Ihnen die Büste, gnädige Frau?

DRAGA Eigentlich nicht.

DOKTOR *hebt die Büste hoch, wie um sie zu bewundern. Läßt sie fallen. Sie zerbricht. Die* KOMITEEDAMEN *nähern sich gerade dem Tisch.*

ERSTE TISCHDAME Oh, was für ein Unglück!

ZWEITE TISCHDAME Der Menschenfresser ist zerbrochen!

ERSTE KOMITEEDAME *empört* Das ist doch kein Menschenfresser! Das ist doch Herr Iger! Die Kinder haben sich so bemüht, ihn nach einer Photographie zu modellieren! Wir haben es eigens so eingerichtet, daß Herr Iger die Figur gewinnt!

ZWEITE KOMITEEDAME Die Kinder werden sich kränken! *Sie hebt die Scherben auf und versucht sie zusammenzustellen.*

IGER Zu viel Ehre.

DOKTOR *zu* DRAGA Sehen Sie, wie recht ich hatte! Ich hab immer recht! Jetzt haben Sie's selbst erlebt! *leise* Wenden Sie sich an mich – ich bin Ihr Freund

DRAGA *lächelt.*

DOKTOR Kann man Sie besuchen? Ganz gesittet und artig?

DRAGA Ich möchte sehr gern, aber es wird nicht gehen, ich... *sie blickt auf* IGER.

DOKTOR Sie wollen mir doch Ihre Kinder zeigen.

DRAGA Es sind liebe Kinder.

DOKTOR Ich muß sie mir ansehen.

ERSTE TANTE *schneidend zu* DRAGA. Du unterhältst dich ganz gut, wie ich sehe!

DOKTOR Sie machen mir ein Kompliment, gnädige Frau.

ZWEITE TANTE Das verdienen Sie.

DOKTOR Ich warte schon sehr lange, daß *zu* DRAGA die junge Frau es mir macht.

ERSTE TANTE *verächtlich* Da können Sie lange warten.

DOKTOR Das ist das Fesselnde. Billiger Wein ist sauer. *Zu* DRAGA. Verstecken Sie nicht... Ihre Kinder vor mir.

IGER *zu ihm* Ich höre, Sie haben eine gute Praxis, Doktor!

DOKTOR *nickt, ohne ihn anzusehen, spricht zu* DRAGA. Darf ich kommen zum Lohn, weil ich die Büste zerbrochen habe? Ich hab sie für Sie zerbrochen. Das Gold ist jetzt Staub.

IGER Trotz Ihrer Jugend eine erstaunliche Praxis. Ich gratuliere.

DOKTOR *kalt* Danke. *Zu* DRAGA Ich kann Ketten entzwei reißen...

IGER *reicht ihm die Tabatiere.* Bedienen Sie sich, Doktor.

DOKTOR Danke, ich rauche nicht.

IGER *schiebt ihm eine Bonbonniere zu.* Für Ihre Familie, Herr Doktor.

DOKTOR Ich habe keine Familie.

IGER *trinkt hastig.* Mir fällt ein, wir brauchen einen Arzt. Einen guten Arzt für die Kinder. Bald hat man Schnupfen, ein kleines Fieber, Magenweh, wir brauchen einen Hausarzt, einen Familienfreund, der uns beschützt. Ich suche einen guten Arzt. *Trinkt* Würden Sie uns die Ehre erweisen?

DOKTOR *sieht* DRAGA *an.* Kann ich denn kommen... obwohl ich Ihre Büste zerbrochen habe?

Iger Aber gewiß, aber gern, das freut mich, das freut mich mehr, als ich sagen kann. Ich habe Sie gewonnen, ich gewinne immer. Ich spitze schon auf Sie. Sie kommen... Sie kommen in meine kleine Gasse...

Doktor *zu* Draga Gewonnen... habe i c h.

VIERTER AKT

I. SZENE

Dasselbe überfüllte Zimmer wie zu Beginn des vorigen Aktes. Der Tisch ist gedeckt. DRAGA *sitzt davor, mit ihren beiden Kindern, die ihr gespannt lauschen.*

MÄDCHEN Noch einmal!

DRAGA Sie durften drei Wünsche aussprechen. Die Frau war aber sehr genäschig und sagte: ›Ich hätt doch gern eine Wurst.‹ Plumps fällt die Wurst auf den Tisch und...

JUNGE ... der Wunsch war weg.

DRAGA Du wärest klug gewesen. Was hättest du gewünscht?

JUNGE Einen Aeroplan. Einen ganz großen Aeroplan. Und du?

DRAGA Einen Zauberteppich. Es ist fast dasselbe.

JUNGE Ein Aeroplan ist besser, da regnet es nicht hinein.

DRAGA Aber er ist eng. Und du, Zlata? Was hättest du gewünscht?

MÄDCHEN Eine lebendige Katze, aber lebendig, und einen Hund und ein...

JUNGE Der Mann war aber sehr zornig...

DRAGA ... und in seinem Zorn rief er: möchte doch die Wurst auf deiner Nase sitzen, du dummes Weib.

JUNGE Und die Wurst sitzt auf der Nase.

MÄDCHEN Hat er sie heruntergegessen?

DRAGA Jetzt war nur mehr ein einziger Wunsch übrig. Und die Frau weinte sehr und wollte von der Wurst erlöst sein, der Mann aber sprach ihr zu und sagte: ich wünsch uns alle Reichtümer der Welt, und ich werde dich immer lieben, es ist unser letzter Wunsch, ich bitt dich, Frau, laß uns diesen letzten Wunsch...

IGER *reißt die Türe auf, stürzt herein in köstlicher Laune.* Oh, oh, was für brave Kinder! *Er stößt den Knaben mit dem Knauf seines Stockes, der Knabe lächelt.* Hier ist Schokolade. *Er stößt das Mädchen, das Mädchen schlägt nach ihm.* Ich hab brave Kinder, ich hab eine brave Frau. *Er küßt* DRAGA *auf die Stirn, sie sieht ihn entsetzt an.* Behaglich ist es hier, sehr behaglich, Wird man bald essen können? *Sie steht auf und geht hinaus, er ruft ihr nach* Wichtige Geschäfte warten!

DRAGA *bringt die Suppe und gießt allen ein.*

IGER Jeder darf sich etwas wünschen!

MÄDCHEN Eine lebendige Katze.

IGER Sollst du haben. Alles sollst du haben. *Er kostet die Suppe.* Eine ausgezeichnete Suppe! Ein ausgezeichnetes Geschäft. *Er legt Banknoten auf den Tisch.* Kauf den Kindern Schlittschuhe, kauf dem Buben, was er braucht. Kauf dir, was du willst, da hast du Geld, Geld für dich und den Buben. Du bekommst einen Pelz. Noch heute. Einen Pelzmantel. Heute gehen wir ihn kaufen. Einen echten Pelzmantel.

DRAGA Einen braunen Pelz...?

IGER Der Mantel muß schwarz sein, nicht braun, nicht grau. Ich hab auch eine unangenehme Nachricht für dich. Eine schlechte Nachricht.

DRAGA *entsetzt* Meine Mutter...!

IGER Dein Vater hat ein schönes Leben gehabt, er hat ein schönes Vermögen erworben, sein Ende war leicht, er ist tot.

DRAGA *vergräbt das Gesicht in den Händen.*

IGER Du hast geerbt. Du hast schön geerbt, du hast Bargeld geerbt. Ich werde es brauchen können, mein Sohn soll ein großes Geschäft führen, ich brauche es für deinen Sohn. Stoitsch kommt heute und bringt dir das Geld. Du läßt es aufs Geschäft übertragen für unseren Sohn. Eine Formalität, eine Unterschrift. Du wirst fürstlich leben. Du bekommst eine Magd, zwei Mägde. Du wirst Bedienung haben, du wirst alles haben. Dein Vater ist gestern früh begraben worden, Stoitsch wird gleich hier sein. Da ist er! *Er rennt hinaus, führt* BOGDAN STOITSCH *weiter.* Hier ist unser Freund! Sehen Sie sich die Kinder an. Unser Schatz. Geht hinaus, draußen ist ein Koffer für euch, Spielzeug für euch, aus der Heimat. *Die Kinder laufen hinaus,* STOITSCH *sieht ihnen nach. Dann geht er auf* DRAGA *zu und küßt sie auf die Stirn.*

IGER Sie wissen, daß mein Stohn Stjepo heißt, nach dem Verstorbenen. Die Kleine heißt Zlata, nach meiner Schwiegermutter. Legen Sie ab, machen Sie es sich bequem. Warum sind Sie im Hotel abgestiegen? Bei uns ist Platz für unsere Freunde, nicht wahr, Liebe? Entschuldigen Sie, sie ist stumm vor Schreck, ein Vater ist kein Besenstiel.

BOGDAN STOITSCH *zu* DRAGA Wenn es gestattet ist... *Er setzt sich.*

IGER Verschnaufen Sie ein wenig, lieber Freund, Sie sehen blendend aus, Sie führen alles jetzt selbst, ich kann mir denken, Sie waren die rechte Hand des Verstorbenen, was sag ich, die rechte Hand, sein Augapfel. Ruhen Sie sich ein wenig aus und dann kommen Sie mit mir, ich zeig Ihnen die Stadt, die Bude. Dort können wir dann alles besprechen, meine Frau ist zu bekümmert…

BOGDAN STOITSCH Ich habe Auftrag, mit der gnädigen Frau selbst zu sprechen.

IGER Sprechen Sie, Lieber, sprechen Sie, soviel Sie wollen. Ich schau ein bißchen ins Geschäft, ich erwart Sie dort. Du bringst ihn hin.

BOGDAN STOITSCH Es wird mir nicht möglich sein, zu kommen, bedaure, ich habe einiges zu ordnen.

IGER Ordnen Sie, mein Lieber, Ordnung muß sein. Ich sehe Sie abends, abends können wir in Ruhe plaudern. Sie erzählen uns dann von unserem teuren Toten. *Er küßt* DRAGA *und rennt hinaus.*

BOGDAN STOITSCH Bedaure… *Er streicht sich verlegen den Bart. Zu* DRAGA Es ist der Wille des Verstorbenen gewesen, gnädige Frau für alle Zeiten zu versorgen.

DRAGA *weint.*

BOGDAN STOITSCH Der Verstorbene, mein Herr, hat den Wunsch geäußert, gnädige Frau möchten es unterlassen, Trauerkleider zu tragen. Er hegte im Gegenteil den Wunsch, daß gnädige Frau sogleich von dem ererbten Gut Gebrauch machen. Der Verstorbene möchte *zögernd* ein Unrecht gut machen. Er hat es sich gelobt.

DRAGA *schüttelt weinend den Kopf.*

BOGDAN STOITSCH *zieht ein Papier aus der Tasche.* Gnädige Frau erben zehn Millionen Dinar… Das ergibt eine Apanage, die es ermöglicht *er sieht sich um* Ihrem Ansehn gemäß zu leben.

DRAGA Mein guter Vater. Ist für die Mutter…

BOGDAN STOITSCH Reichlich gesorgt. Der Krieg hat das Vermögen nicht verkleinert. Im Gegenteil. Es steht noch mehr zu erwarten. Das Kapital steht Ihnen zur Verfügung. Der Herr Gemahl haben kein Recht auf das Vermögen und keine Möglichkeit, darüber zu disponieren, falls gnädige Frau die schriftliche Erlaubnis hierzu nicht geben. *Er wendet sich fein zur Seite.* Es ist der Wunsch meines verstorbenen Herrn, daß gnädige Frau die Erlaubnis nicht geben.

DRAGA *lächelt wehmütig.* Sagen Sie mir nicht ›gnädige Frau‹, Bogdan Stoitsch, steht es so fremd zwischen uns?

BOGDAN STOITSCH Es war sein Wunsch, daß ich meine Dienste antrage, bei der Wahl des neuen Wohnsitzes und bei der Verwaltung des Vermögens. Ich erlaube mir folgenden Vorschlag: das Vermögen verwalten wir. Ich werde jeden Monat die Zinsen anweisen und eine größere Summe für die neue Einrichtung freimachen.

DRAGA Bogdan Stoitsch, mir ist alles recht, was Sie verfügen.

BOGDAN STOITSCH Die Zinsen ergeben eine Ihrem Ansehn und Ihrer Erziehung entsprechende Apanage, Draga, Teure.

DRAGA *lächelnd* Ich hätte gern gewußt – hat mein Vater gelitten?

BOGDAN STOITSCH Alles Bezügliche findet sich in diesem Brief der Mutter, mit dem Auftrag, Sie zu umarmen. *Er küßt wieder ihre Stirn.*

DRAGA Ich hab Sie immer lieb gehabt, Bogdan Stoitsch, lieber als …

IGER *läuft hurtig herein.* Es hat mich nicht gehalten. Ich brenne vor Ungeduld, etwas über den alten Herrn zu erfahren. Ist es rasch gegangen?

BOGDAN STOITSCH Es ist gottlob rasch gegangen.

IGER Hat er gestöhnt, hat er geröchelt, hat er Schmerzen gehabt?

BOGDAN STOITSCH Mein seliger Herr hat gottlob keine Schmerzen gehabt.

IGER Waren alle um ihn versammelt?

BOGDAN STOITSCH Wir waren alle bis zum letzten Atemzug bei ihm.

IGER Freut mich, freut mich wirklich. Sagen Sie, Stoitsch, was hat er so gesprochen? Der teure Tote? Hat er Verfügungen getroffen? Hat er gewußt, wie es steht?

BOGDAN STOITSCH Alles Bezügliche findet sich in diesem Brief. *Er zeigt auf den Brief, den* DRAGA *liest.*

IGER Ausgezeichnet. Waren viele Leute beim Begräbnis?

BOGDAN STOITSCH Es sind ihm große Ehren erwiesen worden.

IGER Viele Kränze? Erzählen Sie, wer alles dort war. War der Polizeichef?

BOGDAN STOITSCH *mit einem besorgten Blick auf* DRAGA Alle waren.

IGER Sind Reden gehalten worden?

BOGDAN STOITSCH Reden sind gehalten worden.

IGER War der Sarg mit Gold verziert?

BOGDAN STOITSCH Er war verziert.

IGER Wie hat der Tote ausgesehen, ich meine, war er entstellt?

BOGDAN STOITSCH *grimmig* Friedlich wie im Schlummer.

IGER Trinken Sie ein Gläschen Raki. Sie sind etwas angegriffen. Trinken Sie, ich habe hundert Fragen, tausend Fragen. Wie trägt es die Überlebende? Wie trägt es die Junge?

BOGDAN STOITSCH Ich habe auch eine gute Nachricht. Unsere junge Schwester hat sich verlobt. Es gibt bald Hochzeit.

IGER Was! Milka verlobt? Der Vater ist noch warm und sie heiratet! Das bringt keinen Segen. Was wird das für eine Hochzeit sein. Mit wem ist sie verlobt?

DRAGA *blickt auf* Es ist Ihr Neffe, Bogdan Stoitsch.

BOGDAN STOITSCH Es ist mein Neffe.

DRAGA *warm* Das freut mich. *Sie drückt ihm die Hand.*

IGER Wie! Ihr Neffe? Da ist zu gratulieren. Ihm ist zu gratulieren. Hat der Verstorbene davon gewußt?

BOGDAN STOITSCH Es war sein Wunsch, daß sein Ende die Hochzeit nicht verzögern möge. Darum planen die jungen Leute die Hochzeit noch in diesem Halbjahr. Sie werden sich auf der Hochzeitsreise hier aufhalten.

DRAGA *erfreut* Milka! Milka wird mich besuchen!

BOGDAN STOITSCH Sie wollte schon lange kommen, der Verstorbene hat es nicht gern gesehen, daß sie allein reist.

IGER Natürlich nicht. Sie soll kommen, Platz ist genug, auf meinem Kopf werd ich sie empfangen, die Schwester meiner Frau.

BOGDAN STOITSCH Das junge Paar wird im Hotel absteigen. *Zu* DRAGA Milka will alles vornehm und ungebunden, das sind ihre eigenen Worte.

DRAGA Vornehm und ungebunden. Das ist ihre Ausdrucksweise.

IGER Warum stehen Sie auf, Stoitsch, warum gehen Sie, ich hab noch viel zu fragen und zu besprechen.

BOGDAN STOITSCH Ich muß um Entschuldigung bitten. Ich habe Auftrag, gleich an den Kauf eines Hauses zu gehen. Die gnädige Frau wird mich begleiten und wählen. Ich habe mir da schon einige Adressen geben lassen, es fehlt nicht an Offerten.

IGER Sie werden.... Sie ha-ha-haben... Sie kaufen ein Haus? Gleich ein Haus! Meine Frau kauft ein Haus! Womit wird sie das Haus führen, wenn sie das Geld hinauswirft, ein Haus kostet Geld – Steuern, Abgaben, Personal, Reparaturen, lassen Sie mich in Ruh mit diesen Häusern, meine daheim geben mir genug zu schaffen, die Versicherung frißt einen auf...

BOGDAN STOITSCH Die Spesen werden von den Zinsen des Vermögens bestritten...

IGER Aber heute, Freund, kann sie nicht gehen, was werden die Leute sagen, einen Monat muß sie warten, ein Vater ist kein Besenstiel.

BOGDAN STOITSCH Es ist der Wille des Verstorbenen...

IGER Warten Sie, ich hab noch was zu sagen. Schon lange plane ich, meiner Frau einen Pelz zu kaufen, einen echten, schönen Pelz. Gleich wird man ihn schikken, schon lange plane ich den Kauf. Sie werden es nicht glauben, nichts hat mir gefallen. Das beste Fell kommt nicht in die Großstadt, das beste Stück behalten sie in der Provinz. Sehen Sie sich diese Flasche an, Kirschenlikör, nicht Slivovitz. Nicht das Richtige für uns *lacht*, mehr für Damen geeignet. Aber warum trinken Sie nicht? Oder wollen Sie Kirschenlikör? Kosten Sie, Stoitsch, man soll alles kosten...

BOGDAN STOITSCH Ich muß danken, ich werde keine Zeit haben. Ich will die Angelegenheit mit dem Haus in Ordnung bringen.

IGER Da fällt mir ein, meine Tanten verkaufen ihr Haus, sie verschenken es fast, ein großes, geräumiges Haus!

DRAGA Ich möchte nicht das Haus deiner Tanten, es ist düster, ich will ein neues, helles Haus. Ich möchte nicht, daß du mitgehst. Ich möchte mit Bogdan Stoitsch allein… sprechen.

IGER *verschluckt sich.* Ich geh schon weg, wähle allein, was ist zu machen, was ist da zu machen, die Frauen müssen ihren Willen haben, die Frauen machen heute, was ihnen beliebt. Geh, kauf ein, ruinier mich, ich bin in deiner Gewalt, du regierst, die Frauen regieren heute! *Er entfernt sich durch die Mitteltüre.*

DRAGA Bogdan Stoitsch… Sie wissen, was damals bei meiner Hochzeit geschehen ist. Er… lebt nicht mehr…?

BOGDAN STOITSCH Er lebt, teure Draga. Er ist damals gerettet worden. Er war halb drüben, schon kaum mehr Hoffnung, aber er wurde gerettet. Der Atem wurde ihm eingeblasen. Das Leben.

DRAGA … Und er ist nicht gekommen…

II. SZENE

Dragas neues Haus.
Ein helles Zimmer. MILKA *steht darin im Gespräch mit dem* DOKTOR. MILKA *ist jetzt eine junge Dame geworden.*

MILKA Der Apotheker!

DOKTOR Nicht so ironisch. Das war ein Fehler.

MILKA Müßten Sie nicht Lapsus sagen? Sie als Arzt? Wir haben es ihr eigens nicht geschrieben, unsere Mutter hatte Angst, es könnte alles wieder auffrischen. Sie fürchtete damals, daß Draga doch mit ihm durchgeht. Und dann war alles eingeschlafen.

DOKTOR Nichts ist eingeschlafen.

MILKA Sagen die Psychiater. Bei mir schläft alles ein, was ich nicht mag... nein... nein... es wacht nicht auf!

DOKTOR Es war ein Fehler. Ich hatte einmal Gelegenheit, mit ihr über den Fall zu sprechen, es war aber nicht der geeignete Ort dafür, und hier sehe ich sie nicht lange genug allein... Es arbeitet in ihr weiter, ihr selbst unbewußt. Ich konnte nicht damit beginnen – ich finde die Geschichte reichlich lächerlich, diesen Selbstmord mit Auferstehung. Die ganze Komödie ist mir zuwider.

MILKA Komödie? Nein, Doktor, das gefällt mir nicht, daß Sie das sagen, Sie sind ein wenig direkt. Vielleicht kommt das vom Seziersaal, wo man alles herausschneidet, die Seele wird nicht beachtet, beim Herausschneiden. *Sehr belustigt.* Komödie kann man nicht gut über einen Menschen sagen, der aus Kummer Selbstmord begeht. Er hat doch nicht wissen können, daß er gerettet wird. Die in der Großstadt sind alle so direkt! Das hätt ich nicht gedacht, daß Sie so sein können, Sie sehen so fein aus! – Ich hab ihn gekannt, er war immer etwas unsicher, schon die Drogen in der Apotheke hat er etwas unsicher gemischt, immer goß er daneben. So ist er auch unsicher ins Wasser gesprungen und ist nicht ganz sicher ertrunken. Er kann doch nichts dafür, daß man ihn gerettet hat, wir waren froh genug darüber, wir zuhause.

DOKTOR Wie er herausgezogen wurde, war er tot. Und dann ist er wieder lebendig geworden?

MILKA Er war schon halb drüben, alle haben geglaubt, es ist zu Ende.

DOKTOR Es wäre ritterlicher gewesen, zu leben und die Frau zu schützen, die man liebt.

MILKA Es gibt heute keine Ritter mehr, im zwanzigsten Jahrhundert. Bogdan Stoitsch ist der letzte Ritter... das ist unser Verwalter. Darum hab ich seinen Neffen geheiratet, er heißt auch Bogdan und ist wie der Onkel. Der ist natürlich auch ein Ritter.

DOKTOR Der zweitletzte.

MILKA Und dann gibt es... noch einen Ritter... aber den trau ich mich nicht, Ihnen zu nennen.

DOKTOR *abwesend* Es wird gut sein, wenn Sie ihr sagen, daß er lebt. Es kann ihre Erstarrung lösen, ich muß aus der Welt schaffen, was sie unbewußt bedrückt.

MILKA Sie meinen? Ich soll ihr sagen? Daß er rund ist wie der Mond? Und nicht tot? Und nicht blaß und nicht zerfallen?

DOKTOR Es ist Ihre Pflicht. *Er geht zur Wand und betrachtet ein Bild, ein Gemälde.* Sie hat Geschmack, wenn man bedenkt, wo sie aufgewachsen ist.

Milka Wo wir aufgewachsen sind, wir von der Provinz.

Doktor Ihr mit der ungetünchten Frische, ja. Das Bild ist nicht modern, aber gut.

Milka Sie hat es wirklich schön hier. Alles ist hell.

Doktor Und steht in gellendem Kontrast zu ihrem umdüsterten Gemüt.

Milka Sie müßte weg von hier.

Doktor Sie müßte weg von ihm.

Milka Wie kann sie das, Doktor, wenn er die Kinder nicht hergibt.

Doktor Die Kinder werden ihr zugesprochen.

Milka Er würde sie ihr rauben. Er ist ein Aal. Er ist auf keine Weise zu fassen, ich bin überzeugt, er betrügt sie. Man kann ihn nicht überführen. Ich hab versucht, mit ihm zu sprechen. Wissen Sie, was er geantwortet hat? *Sie imitiert* Iger. Sehr gut, sehr gut, Schwestern müssen zusammenhalten, zwei Schwestern sind wie zwei Hände, die rechte wäscht die linke rein. – Können Sie ihm nicht einen Trank mischen, Doktor?

Doktor Ich wills ihm eintränken.

Milka Ach ja, Doktor, Sie werden helfen, ich sehs Ihnen an, ein Stein fällt mir vom Herzen, ein ganzer Berg.

Doktor Ich wills versuchen. Es gibt Verbrecher, die im Gesetzbuch nicht vorgesehen sind.

Milka Wissen Sie, Doktor, ich will Ihnen gestehen. Ich finde Sie reizend.

Doktor Reizend, daß Sie es finden.

Milka Sie haben so etwas Gebieterisches in den Augen. Sie laufen weg? Ich bin nur aus der Provinz, darum laufen Sie weg. Ich hab ein Geheimnis, jetzt hören Sie auf mich, ich glaube, Bogdan Stoitsch hat es ihr schon gesagt, oder angedeutet. Ich will es für Sie herausfinden... wenn Sie noch bleiben... das mit dem Apotheker. Es liegt Ihnen doch daran... wegen der neuen Heilmethoden... dem Zerlegen der Seele, die Seele wird zerlegt, zerstückelt...

DOKTOR Sie sind eine gefährliche junge Dame, so sehr, daß ich Sie besser meide. Ich könnte sonst auf den Geschmack einer langen Unterhaltung kommen und ich muß Kranke heilen. Jetzt geh ich hinein und erzähl meiner kleinen Patientin ein Märchen. Wenn sie dabei einschläft, ist sie geheilt. Der Schlaf heilt.

MILKA Und gute Luft, das ist das Wichtigste.

DOKTOR Luft? Die Atmosphäre, ja. Luft allein genügt nicht. *Er reicht ihr lächelnd die Hand und geht durch die linke Türe ins Kinderzimmer.*

MILKA *zu* DRAGA, *die eintritt* Er ist drin und erzählt ihr etwas. Es fehlt ihr nämlich gar nichts, kein Scharlach, nicht einmal Mumps. Influenza, das ist alles. Du, jetzt gehst du aber hinein. Er ist drin, er ist reizend. Er hat auch so schwarze Augen wie du. Du gehst sofort hinein!

DRAGA *angstvoll* Nein!

MILKA Warum willst du nicht...

DRAGA Ich k a n n nicht.

MILKA Ich versteh dich nicht. Hast du Angst vor dem Iger? Der hat heute die Bonne unters Kinn gefaßt, gerade wie ich gekommen bin. Sie hat sich gewehrt, kann ich dir verraten, ihr ist seine Nase auch zuwider. Wenn nur die Kleine nicht seine Nase kriegt. Komm! Schaun wir nach, ob sie seine Nase kriegt. *Sie zieht* DRAGA *zur Türe.* Ob ich mir die Bonne nicht sichern soll, man könnte sie kaufen... er ist ihr zuwider...

DRAGA Nicht.

MILKA Warum willst du ihn nicht sehen?

DRAGA Ich will ihn sehen, ich kann nicht.

MILKA Warum kannst du nicht?

DRAGA Ich fürchte, zu versagen.

MILKA Wie: zu versagen. Wie meinst du das? Meinst du deine Kraft?

DRAGA Du kannst das nicht verstehen.

MILKA Nein, wirklich nicht. Du klagst dich immer an, du hast gesagt, du wolltest, daß Papa...

DRAGA *entsetzt über sich selbst* Ich hab ihm den Tod gewünscht!

MILKA Das ist nicht wahr! Das redest du dir ein. Er erzählt der Kleinen ein Märchen... das tut er für dich... *Sie zieht sie fort.*

DRAGA *ist nahe daran nachzugeben, in diesem Augenblick meldet die*

BONNE Zwei Damen vom Komitee. Es handelt sich um eine wichtige Entscheidung. *Sie läßt die zwei Damen ein und geht.*

MILKA *ringt die Hände.* Aber nicht hier herein...!

ERSTE KOMITEEDAME Entschuldigen Sie den Überfall, guten Tag, gnädige Frau.

DRAGA *stellt vor.* Meine Schwester.

ZWEITE KOMITEEDAME Sehr erfreut. Ihre Schwester sieht Ihnen aber gar nicht ähnlich, das wußt ich nicht, daß Sie eine blonde Schwester haben.

ERSTE KOMITEEDAME Und so hübsch! *Zu* MILKA Wir sind von der Waisenstiftung.

ZWEITE KOMITEEDAME Sie sagen das so, wie wenn Frau Iger nicht hübsch wäre.

ERSTE KOMITEEDAME Das hat niemand behauptet. *Lor-*

gnettiert die Wände. Schön wohnen Sie! Waldmüller! Ich schwärm für Defregger. – Wir sind in einer delikaten Angelegenheit hier. Ich meine die Affäre Schwab. Sie werden davon wissen.

DRAGA Ich weiß nichts davon. Bitte! *Sie rückt Stühle zurecht.*

ZWEITE KOMITEEDAME Von dem Streit wissen Sie nicht? Zwischen Ihrem Mann und Schwab?

ERSTE KOMITEEDAME Sie wissen nicht? Herr Schwab hat nämlich Ihren Mann beleidigt.

ZWEITE KOMITEEDAME Beleidigt kann man nicht sagen. Sie erinnern sich doch sicher, Frau Iger, wie es begann. Beim Fest. Gerade als Ihr Mann ein meisterhaftes Zauberkunststück zum besten gab, rief Herr Schwab von rückwärts ›Demaskierung‹ und störte die Vorstellung.

MILKA *lacht unbändig.* Demaskierung!

ZWEITE KOMITEEDAME Es war zwölf Uhr nachts, und da sollte die Demaskierung ausgerufen werden.

ERSTE KOMITEEDAME Schwab hätte ruhig eine Viertelstunde warten können, es war keine Messe zu lesen. Überhaupt hat Schwab das schon öfter gemacht. Immer wenn Ihr Mann eine Vorstellung gibt, sagt er, er wird ihn entlarven.

DRAGA Ich verstehe nicht, was die Damen meinen...

ERSTE KOMITEEDAME *mit Entsetzen in der Stimme* Stellen Sie sich vor, Herr Iger tritt wirklich aus, was machen wir ohne ihn!

MILKA Wirklich! Was machen Sie, wenn er entlarvt ist.

ZWEITE KOMITEEDAME Ihr Mann will nämlich austreten, wenn Schwab sich nicht entschuldigt. Er sagt aber, er ist sich keiner Schuld bewußt und entschuldigt sich nicht.

ERSTE KOMITEEDAME Das ist eben das Unrecht.

ZWEITE KOMITEEDAME Schwab hat auch seinen Stolz. *Zu* DRAGA. Nämlich, wenn das Präsidium darauf bestehen sollte, daß Schwab sich entschuldigt, tritt er zurück. Er hat einen großen Anhang. Er hat ganz nach den Statuten gehandelt, er hat nichts Inkorrektes getan.

ERSTE KOMITEEDAME Das sagen Sie, liebe Freundin, weil Sie mit Schwab verschwägert sind. Ich bin durchaus auf Seite des Herrn Iger.

ZWEITE KOMITEEDAME Das sind Sie, liebe Freundin, weil Herr Iger Ihnen eine Kiste mit Champagner geschickt hat. Nichts für ungut.

ERSTE KOMITEEDAME Ich finde, das gehört nicht hierher.

DRAGA Verzeihen Sie, ich weiß nicht recht, was die Damen von mir erwarten?

ZWEITE KOMITEEDAME Wir erwarten von Ihnen, daß Sie Ihren Mann beschwichtigen. Es ist für ihn kein Grund vorhanden, sich zu ereifern. Viel mehr Grund hat die Familie Schwab. Es ist der Familie zu Ohren gekommen, daß an ihrem Tisch damals ehrenrührige Bemerkungen über Frau Schwab gemacht wurden. Sie werden ja davon wissen.

MILKA *erhebt sich ungehalten.* Da wenden Sie sich bestimmt an die falsche Adresse. *Sie geht zur Türe links, öffnet sie ein wenig, blickt hinein und schließt sie leise. Dann setzt sie sich wieder.*

ZWEITE KOMITEEDAME Nicht Frau Iger hat die Bemerkung gemacht, das will ich nicht sagen, aber an ihrem

Tisch wurde gesprochen, daß Frau Schwab einen Liebhaber hat. Die ganze Familie ist aufgebracht. Es käme also eher Herrn Iger zu, sich zu entschuldigen. Vielleicht wirken Sie auf ihn ein, daß er nachgibt.

DRAGA Ich hab ... keinen Einfluß.

MILKA Schreiben Sie ihm vom Komitee, das wird genügen. Er wird sofort besänftigt sein.

ERSTE KOMITEEDAME Sie glauben, das wird genügen? Wird er nicht die Unterschrift von Schwab verlangen?

MILKA Ihm ist bestimmt lieber, wenn das Präsidium unterzeichnet.

ERSTE KOMITEEDAME *erhebt sich. Mit Gefühl* Da bin ich aber sehr froh über Ihren guten Rat.

ZWEITE KOMITEEDAME *zu* DRAGA. Nicht wahr, Sie erzählen nichts von unserem Besuch, Klatsch und Zank sind uns fremd. *Sie verabschieden sich.*

MILKA Daß ein Mann sich mit sowas abgeben kann! Jetzt haben diese Hexen den Doktor verscheucht, er ist weg. Sag, soll ich die Reise unterbrechen und dich vor dem Iger schützen?

DRAGA *erschrocken* Deine Hochzeitsreise! *Sie umarmt die Schwester.* Du kannst mir nicht helfen.

MILKA Wenn ich ihn seh, fühl ich einen solchen Haß, daß ich gleich streiten möchte. Wäre es nicht gut, wenn ich mit ihm streite?

DRAGA Du kannst nicht mit ihm streiten, er streitet nicht mit dir.

MILKA Oh, ich brings zuwege. – Laß mich mit ihm streiten.

DRAGA Hast du die Kinder lieb?

MILKA Aber gewiß, Draga.

DRAGA Dann sprich nicht mit ihm.

MILKA Draga, was ist mit den Kindern?
DRAGA Geh, bevor er kommt.
MILKA Was t u t er den Kindern?
DRAGA Er wird gleich hier sein. Ich bitte dich, geh.
MILKA Du zitterst. Was t u t er euch?
DRAGA *fanatisch* Ich höre ihn. Er schlägt die Gartentüre zu. So schlägt er die Gartentüre zu. Jetzt geht er auf dem Kies…
MILKA Ich verschwinde, weil du es willst. Weißt du, was der Doktor durchsetzen wird? Daß du mit den Kindern zu uns nach Hause kommst. Das hätt ich dir zwar nicht sagen sollen, aber etwas anderes hätt ich dir sagen sollen,… über den Apotheker… er war gar nicht tot.
DRAGA Ich weiß.
MILKA Du weißt? Dann sei froh und grüble nicht. Grüble nicht! Du kommst zu uns, dein schwarzer Ritter setzt es durch. Wir gehen jeden Vormittag aus und schleppen die Kinder in den Basar. Der Apotheker wird wieder Arzneien daneben gießen, wir werden Ketten kaufen, wir haben neue Buden…
DRAGA *geleitet sie lächelnd zur Türe.* Nein… Puppen, in unserer Tracht, für die Kinder. *Sie küssen sich zum Abschied.*

Die BONNE *tritt vom Kinderzimmer ein, mit einem Tablett und dem kleinen* STJEPO, *der ihr hilft, den Tisch zu decken.* DRAGA *steht verloren im Zimmer, greift sich an den Kopf, besinnt sich dann und geht zu der kleinen* ZLATA *hinein.* IGER *tritt ein, gut gelaunt und hurtig.*

IGER *intim zur* BONNE Was gibt es heut zu Mittag?
BONNE *geht hinaus.* Das muß ich erst die Köchin fragen.
IGER *zu dem Knaben.* Jetzt haben wir eine Schwester im

Haus. *Er gewahrt* DRAGA, *die zurückkehrt.* Deine Schwester hab ich getroffen, sie hat es eilig, wegzukommen. Wie geht's der Kleinen? Gesund?

DRAGA Es geht ihr gut. Sie schläft.

IGER Sie hat's gut. Sie schläft. Ich schlafe keine Nacht.

DRAGA Du schläfst sehr gut.

IGER Ich schlafe keine Nacht. Ich hab Sorgen. Die Sorgen plagen mich.

DRAGA *rückt den Knaben im Sessel zurecht und nimmt Platz. Die* BONNE *bringt die Suppe.* DRAGA *gießt dem Kind ein. Die* BONNE *geht.*

IGER *gießt sich ein.* Ich bin ruiniert. Du hast mich ruiniert. Ein Wort hätt es dich gekostet, ein Wort mit Schwab, diesem Schwamm. Auspressen könntest du ihn, mit einem Wort. Du hast geschwiegen. Ich bin ruiniert. Ich hab Berge von Stoffen gekauft, das hast du auf dem Gewissen. Wer kauft mir das jetzt ab, diese Bettlerware. Alle Waisenhäuser hat e r beliefert. Du bist schuld. Ich hab Zahlungen. Ich und meine Kinder werden betteln gehen.

DRAGA *bedient ruhig den Kleinen.* Unsere Kinder werden nicht betteln gehen. Mein Einkommen reicht für uns alle. Wir brauchen unsere Gewohnheiten nicht zu ändern. Ich bestreite jetzt auch alles.

IGER Ich lasse mich von meiner Frau nicht erhalten.

DRAGA Ich bestreite jetzt auch alles. – Die Stoffe hast du nicht gekauft, die hattest du liegen.

IGER Dein Geld kann mich retten. In einigen Wochen bin ich wieder oben. Dann bekommst du dein Geld zurück. Borg mir dein Geld. Du rettest meine Ehre. Meine Ehre ist die Ehre deiner Kinder.

DRAGA Ich gebe das Geld nicht her.

Iger Borg mir dein Geld. Ich lasse dich dann nach Hause fahren. Zu deiner Familie. Mit den Kindern. Auf einen langen Besuch. Gib mir erst das Geld.

Draga Ich gebe das Geld nicht. Was immer du sagen wirst, du sprichst umsonst. Ich kenne dich. Ich gebe das Geld nicht her.

Iger Meine Liebe, hör mich an. Glaubst du, ich schätze dieses Leben nicht? Friede ist, Ruhe ist, Ordnung ist, Herrschaften sind wir jetzt, es soll so bleiben. Ich schätze das wie du. Ich gebe dir dieselben Zinsen, willst du höhere Zinsen, ich zahle dir höhere Zinsen. Ich brauche Kapital. In einem Jahr hab ich es verdoppelt, in zwei Jahren verdreifacht. Unsere Kinder sollen reich sein!

Draga Sie sollen zufrieden sein.

Bonne *tritt ein, serviert.* Poulard mit Reis. *Sie geht ab.*

Iger *füllt den Teller des Jungen mit Reis.* Gib mir das Geld.

Draga Ich gebe es nicht. Das ist jeden Tag und immer...

Iger *zum Jungen* Iß! *Er bedient sich.* Du wirst das Geld geben.

Draga *flehend* Sei gut. Sei einmal gut zu mir. Laß mich in Frieden leben. Was hab ich dir getan, daß du mich so haßt!

Iger Unsinn, Stumpfsinn, niemand haßt.

Draga Warum willst du wieder Unglück über mich bringen. Vielleicht kannst du nichts dafür, aber du bist nicht anders... du hast meine Mitgift bekommen... laß mir mein Erbe.

Iger Bälle, Opern, Toiletten, alles wirst du haben.

Draga Ich will Ruhe haben.

IGER Ruhe wirst du haben. Das schönste Leben. Wie eine Fürstin.

DRAGA Laß mich mit den Kindern zu meiner Mutter fahren. Ich werde mirs überlegen. Ich werde mit Bogdan Stoitsch sprechen. Wenn ich zurückkomme, geb ich dir vielleicht...

IGER Fahr! Fahr! Fahr sofort! Nimm die Kinder und fahr! Bleibt zwei Monate! Bleibt drei Monate! Genieß das Leben, freu dich! Ich zahl die Reise. Ich geb die Erlaubnis! Erst gib die Unterschrift!

DRAGA Ich gebe sie nicht.

IGER *zieht den Knaben zu sich heran. Dann stopft er dem Kind mit der Gabel Reis in den Mund. Der Knabe schluckt gutmütig.* Noch eine Gabel! Noch eine Gabel! Noch eine Gabel!

DER JUNGE Genug, Vater.

IGER Noch! Noch! Noch!

DER JUNGE Ich kann nicht mehr!

IGER *brüllt* Iß! Iß!

DER JUNGE Mutter!

IGER Iß! Iß!

DRAGA *steht auf.* IGER *kommt ihr zuvor und zerrt den Knaben mit sich ins nächste Zimmer,* DRAGA *stürzt ihm nach, er sperrt geräuschvoll ab. Sie reißt das Fenster auf und schreit gellend.* Er mordet die Kinder!

BONNE *eilt herbei, hält* DRAGA *an beiden Armen fest.* Was für ein Kreuz.

FÜNFTER AKT

Krankenzimmer in einem Sanatorium.

DRAGA *sitzt vor einem vergitterten Fenster und starrt hinaus. Neben ihr steht* MILKA. *Plötzlich hebt* DRAGA *den Kopf.* Siehst du, da ist er wieder, der Tiger! Jeden Morgen geht er durch den Park. Er hat Hunger. Die Pflegerin macht der Kellnerin ein Zeichen und sieht sie an. Sie lesen meine Gedanken, sie kennen meine Träume. Sie wissen alles. Ich bin verloren.

MILKA Das ist kein Tiger, Schwester, das ist ein Hund.

DRAGA *geheimnisvoll* Heute, wie ich hinuntergehe, sagt der Portier: ›Gotteslästerin‹ und sieht mich finster an. Er weiß alles. Ich hab Gott gelästert. Ich hab meine Kinder verflucht. Zu Weihnachten werde ich sterben.

MILKA Was dir nicht einfällt.

DRAGA Du weißt nicht alles. Ich kann dir nicht alles sagen. Es war ein Zwang. Ich wollte es nicht denken. *Beschwörend* Es fuhr mir durch den Kopf. Ich hab ihnen den Tod gewünscht. Und ich liebe sie so. Es fuhr mir durch den Kopf. Ich wollte es nicht. Einmal schlug die Kleine nach mir. ›Wenn sie wie der Vater wird, soll sie sterben.‹ Das hab ich gedacht. *Mit Entsetzen* Jetzt kommt die Strafe. Stjepo ist ein gutes Kind, so gut. Wenn er wird wie der Vater… hab ich gedacht…

MILKA Das war ganz in Ordnung, ich denke das auch immer. Schrecklich, wenn sie wie der Vater ausfallen. Ich prüf immer ihre Nasen.

DRAGA Auf dem Teller waren zwei Kirschen, ich zeigte auf die eine und sagte: das ist mein Söhnchen. Ich zeigte auf die andere und sagte: das ist meine Tochter Plötzlich nahm ich die eine, die mein Söhnchen war und sagte: das ist Jesus. Und ich steckte sie in den Mund und zerkaute sie rasch. Darum müssen sie sterben.

Milka Erinnere dich doch, du sagtest schon vorige Woche, daß die Kinder in drei Tagen sterben werden Sind sie gestorben? Fällt ihnen nicht ein! Sie sind munter und gesund bei unserer Mutter. Sie fragen immer nach dir. Unsere Mutter wird es dir erzählen, sie kommt dich morgen holen.

Draga Sie werden sterben. Ich weiß das. Meine Kinder werden sterben.

Der junge Doktor *in weißem Mantel tritt ein und geht von* Draga *unbemerkt auf die andere Seite des Zimmers. Er setzt sich vor ein Tischchen und raucht. Er bietet* Milka *stumm eine Zigarette an.*

Draga Du weißt nicht alles. Sie wollen mich vergiften Jeden Abend geben sie mir ein Pulver. Ich nehm es nicht, ich schütt es weg.

Milka Aber der Doktor ist dein Freund! Er hat dich eigens in diese Anstalt gebracht, damit dir nichts geschieht! Er wacht über dich. Sonst wärst du wirklich schon vergiftet, aber von keinem Doktor. Er hat immer zu dir gehalten, du hast das vergessen.

Draga Ich hab es nicht vergessen. Ich will dir ein Geheimnis sagen, ich sag es nur dir. Es ist alles so merkwürdig...

Milka Was ist merkwürdig.

Draga Mit ihm.

Milka Das ist doch nicht merkwürdig. Er gibt acht auf dich. Er verteidigt dich. Er beschützt dich.

DRAGA Und doch ist es nicht so.

MILKA Warum ist es nicht so.

DRAGA Das ist das Geheimnis.

MILKA Das Geheimnis!

DRAGA Nicht!

MILKA Sag es mir.

DRAGA Ich sag es dir, aber du mußt schweigen.

MILKA Ich werde schweigen.

DRAGA Er lebt nicht wirklich.

MILKA Wie – er lebt nicht.

DRAGA Er ist ein Traum.

MILKA *ergriffen* Draga, er ist kein Traum! Er lebt wirklich. Er ist ganz in deiner Nähe. Siehst du ihn nicht, dort ist er.

DRAGA *blickt fanatisch ins Leere.* Er ist ein Traum.

MILKA Dort sitzt er. Er hat dir geholfen. Es geht dir besser, Schwester, du schläfst jetzt schon jede Nacht. Erinnerst du dich nicht, am Anfang konntest du nicht schlafen, du hast immer Erscheinungen gesehen. Überall.

DRAGA *spricht plötzlich normal.* Ich kann nicht schlafen.

MILKA Doch, du schläfst jetzt schon jede Nacht.

DRAGA Ich will weg von hier.

MILKA Ob du wegkommst, sehr bald kommst du weg. Zu deinen Kindern.

DRAGA Die Kinder waren gestern hier. Aber ich will nicht, daß sie kommen, damit ihnen nichts geschieht. *Sie starrt hinaus.*

MILKA *halblaut* Kann man den Hund da unten nicht einsperren, sie glaubt, es ist ein Tiger.

DOKTOR Angstzustände. Sie wird sich immer ein Objekt finden. Das wird nachlassen. Es geht ihr viel besser.

Milka Sagen Sie aufrichtig, Doktor. Wird sie ganz gesund?

Doktor Vollständig gesund. Und wenn sie ruhig lebt, bleibt sie gesund. In drei Monaten kann das schon sein. Sie muß nur ein ruhiges Leben führen.

Milka *hart* Das wird sie führen.

Doktor Ich erwarte ihn jeden Augenblick. Es wird gut sein, wenn die Kranke nicht anwesend ist.

Milka Wissen Sie, was mir die Mutter erzählt hat? Als Verlobungsgeschenk hat er ihr eine goldene Kette mitgebracht. Einmal wäscht sie sich mit der Kette und wird ganz schwarz. Das Zeug ist schwarz geworden.

Doktor Eisenketten.

Draga Lassen Sie die Kinder nicht in den Garten, da ist er!

Milka Jetzt gehen wir hinunter, Schwester, und ich werde dich überzeugen, es ist ein ganz abscheulicher alter furchtsamer Hund und kein Tiger.

Doktor Es wird doch der Tiger sein.

Milka Sie meinen? *Sie geht mit* Draga *durch eine Seitentüre in den Garten, durch die Mitte tritt* Iger *behutsam ein und eilt auf den* Doktor *zu.*

Iger Hocherfreut Sie zu sehen! Wie geht es Ihnen! Wie geht's der teuren Kranken! Ist sie noch umdüstert? Lichtet sich ihr Geist? Kommt sie zu sich?

Doktor Ihr Geist war noch nie so licht wie jetzt.

Iger Was Sie sagen! Das überrascht mich. Das freut mich. Das ist eine Nachricht! Endlich eine gute Nachricht. Sie wissen nicht, wie klug sie immer war. Bevor das Unglück über sie hereingebrochen ist. Kann man sie sehen?

Doktor Sie können sie nicht sehen, Herr Iger.

IGER Nicht? Noch immer nicht? Ich dachte, es geht schon. Wann wird es gehen? Wann kann ich die Teure sehen?

DOKTOR Sie können sie nicht sehen. Überhaupt nicht.

IGER Sie scherzen, Doktor, was Sie für Scherze machen. Alle können sie sehen. Ich werde sie sehen. Es muß nicht heute sein. Seit das Unglück über sie hereingebrochen ist, hab ich sie nicht gesehen. Warum darf ich sie nicht sehen?

DOKTOR Damit kein neues Unglück über sie hereinbricht.

IGER Was für ein Scherz. Ich bin kein Unglück, die teure Kranke ist mein Unglück. Ich will es tragen, ich will alles tragen.

DOKTOR *aggressiv* Herr Iger, Sie sollen keine Worte machen, Sie wissen, was ich Ihnen zu sagen habe.

IGER Nichts. Nichts weiß ich. Kein Wort.

DOKTOR Dann werd ich Ihnen klarmachen, was ich will.

IGER Klarmachen? Machen Sie klar. Ich stehe zur Verfügung. Sprechen Sie, ich stehe zur Verfügung.

DOKTOR Ich ersuche Sie, diese Scheidungsurkunde zu unterschreiben.

IGER Scheidung? Von meiner Frau? Ich will keine Scheidung. Ich verlasse sie nicht. Sie ist krank, sie ist umnachtet. Ich hab das Recht, mich zu scheiden, aber ich verlasse sie nicht. Was werden die Leute sagen, wenn ich sie im Stiche lasse, weil sie krank ist.

DOKTOR Wissen Sie, was die Leute sagen? Daß Sie sie krank gemacht haben. Wissen Sie, von wem die Leute das erfahren haben? Von mir!

IGER Sie scherzen. Ein Scherz. Hab ich sie vergiftet?

DOKTOR Sie haben sie vergiftet.

IGER Das sagen Sie? Ich hab Sie als Arzt in mein Haus genommen.

DOKTOR Nicht jeder Mensch ist käuflich. Mit mir, zum Beispiel, haben Sie sich verrechnet. Ich bin als ihr Feind ins Haus gekommen, nicht als Ihr bezahlter Freund. Als Ihr unbezahlter Feind. Ja, und ich verspreche Ihnen, daß ich Sie an den Pranger stellen werde. Ihre Verbrechen sind im Gesetzbuch übergangen worden, ich werde selbst als Richter auftreten. Mein Ansehn gegen Ihr Ansehn. Sie werden's erleben.

IGER Ich erlebe! Ich erlebe! Ich ertrag das! Ich schleiche mich von hier fort, ich warte, bis sie gesund ist. Sie liebt mich, Sie wollen sie von mir reißen, sie liebt mich.

DOKTOR Sie verabscheut Sie. Ihre Unterschrift wird sie beruhigen, ich will sie für sie. Ich werde das Gericht vertreten.

IGER Sie weiß nicht, was sie redet. Sie ist verrückt.

DOKTOR *geht zur Mitteltüre. Herein treten:* BESSAROVITSCH, SCHWAB, BOGDAN STOITSCH. Ich danke Ihnen meine Herren, daß Sie gekommen sind –

IGER *erschrocken* Ich ... habe die Ehre. *Zu* BESSAROVITSCH Welche Ehre, Sie besuchen meine arme Kranke, nehmen Sie Platz, ich bitte sehr, ich bin auch... ich will sie auch...

Die Gäste setzen sich stumm links vor das Tischchen, wo anfangs der junge Doktor gesessen ist. Sie beachten Iger nicht.

SCHWAB Wie geht es ihr?

DOKTOR Meine Herren, es läuft das Gerücht, daß Frau Draga verrückt ist. Herr Iger hat es selbst ausgesprochen. Ich bitte Sie, sich ein wenig zu gedulden, ich werde den Beweis erbringen, daß die Dame n i c h t verrückt ist. *Er geht zum Fenster und macht ein Zeichen.* Ich ließ es mich viel Zeit kosten, aber das Resultat ist den Aufwand wert. *Er stellt sich in die Mitte des Zimmers.*

IGER *zu* BESSAROVITSCH. Ich hab sie nicht sehen dürfen, Herr Präsident, ich weiß nicht, wie es um sie steht, meine teure Frau.

DRAGA *tritt von links ein, sie schreitet nach rechts, wie im Traum.*

DOKTOR Ich bitte die Herren, nicht aufzustehen, wir wollen Frau Draga nicht aus ihrer Ruhe bringen. Nehmen Sie Platz, gnädige Frau.

DRAGA *setzt sich wie im Traum in die Mitte des Raumes.*

DOKTOR *sieht sie fest an.* Gnädige Frau! Verleumderische Gerüchte wollen wissen, daß Ihr Geist sich verwirrt hat. Ich bitte Sie daher, meine Fragen zu beantworten. *Er streift ihr über die Schläfen und zeigt auf Iger.* Wer ist das?

DRAGA Der Tiger.

DOKTOR Kennen Sie ihn schon lange?

DRAGA Ich hab ihn lange gekannt.

DOKTOR Kennen Sie ihn gut?

DRAGA Ich kenne ihn gut.

DOKTOR Lieben Sie ihn?

DRAGA Ich h a s s e ihn.

MILKA *tritt leise ein und stellt sich zur Wand.*

DOKTOR Warum hassen Sie ihn?

DRAGA Er hat mich gequält.

DOKTOR Warum hat er Sie gequält?

DRAGA Er wollte …

DOKTOR Was wollte er?
DRAGA *düster* Geld.
DOKTOR Was wollte er noch?
DRAGA Geld.
DOKTOR Was noch?
DRAGA Geld.
DOKTOR Und dann?
DRAGA Dann wollte er...
DOKTOR Was?
DRAGA ... daß ich ihn belüge.
DOKTOR Wen?
DRAGA *zeigt auf* SCHWAB.
DOKTOR Warum wollte er, daß Sie ihn belügen?
DRAGA Geld.
IGER Kein Wort ist wahr! Sie ist verrückt! So spricht eine Verrückte! Herr Präsident! Sie ist leider umdüstert! Das ist Vererbung...
DOKTOR Das Verhör ist noch nicht zu Ende, Herr Iger. *Zu* DRAGA Haben Sie gelogen, damals, wie er es wollte, Draga?
DRAGA Nein.
DOKTOR Und was hat er getan?
DRAGA *unheimlich* Er hat mich ermordet.
IGER Da sehen Sie, Herr Präsident! Eine Verrückte! Sie ist verrückt!
DOKTOR *eindringlich* Wie hat er Sie ermordet, Draga?
DRAGA *greift sich entsetzt an die Schläfen.* Er hat die Kinder geschlagen, die kleinen Kinder! Mit dem Stock! Mit der Schaufel! Mit dem Messer. Retten Sie mich vor ihm!
MILKA *bricht in Schluchzen aus.* Das ist zum Steinerbarmen.

DOKTOR *kalt* Sind Sie noch immer der Ansicht, Herr Iger, daß Ihre Frau sich von Ihnen nicht trennen kann?

IGER Sie ist verrückt.

DOKTOR Sie gestatten, daß ich die Herren um ihr Urteil frage.

BESSAROVITSCH Erlauben Sie, die Dame scheint sehr wohl zu wissen, was sie spricht.

BOGDAN STOITSCH *wischt sich die Tränen von den Wangen.* Sie ist verzweifelt. Sie war immer schwach und hilflos. Zu fein. Sie hat sich nie gewehrt...

SCHWAB Jedes Wort ist wahr, das sie gesprochen hat. Das weißt du ganz gut, Iger, und wir wissen es auch.

DOKTOR Und so ersuche ich Sie, Herr Iger, unterschreiben Sie diese Urkunde, die Bewilligung zur Scheidung. Vor diesen Herren, den Zeugen. Es ist jetzt höchste Zeit.

IGER *fahl* Ich unterschreibe! Geben Sie mir die Kinder, ich unterschreibe!

BESSAROVITSCH Aber! Aber!

DOKTOR Mit dieser Unterschrift verzichten Sie zugleich auf die Kinder. Wir haben Mittel, Sie zu zwingen...

IGER Ich verzichte nicht! Ich geb sie nicht her! Sie ist verrückt! Die Kinder gehören mir! Sie hat kein Recht auf sie!

DOKTOR Wenn Sie nicht verzichten, müssen wir ihre Mitgift anfordern. Eine große Mitgift. Sie gehört ihr. Das Gericht wird sprechen. Fürchten Sie das Gericht.

IGER Die Mitgift ist verbraucht! Sie hat sie verbraucht! Der Luxus, die Krankheit!

DOKTOR Die Mitgift liegt unberührt auf der Bank. Das Bankbuch liegt in Ihrem Schreibtisch. Soll ich darum schicken? Ich schicke sofort zu Ihnen.

IGER Gut... gut... ich unterschreibe. Ich mache den Pakt. Ich verpakte meine Familie. *Er unterschreibt.*

DOKTOR *nimmt den Bogen in die Hand.* Merkwürdig Herr Iger, wirklich merkwürdig, wie Sie das »I« bei Ihrem Namen schreiben. Ganz rund und geschlossen. Es sieht wie ein »O« aus. Sie schreiben ja OGER!

IGER Iger schreib ich, Iger. Nicht Oger. *Er wendet sich zur Türe.*

DOKTOR Eine Formalität. Darf ich einen der Herren bitten, mit zu unterzeichnen?

BESSAROVITSCH Ich stehe gern zur Verfügung.

SCHWAB Ich unterschreib! Ich!

BOGDAN STOITSCH Ich bitte um Verzeihung. Es gebührt mir, daß ich unterzeichne.

MILKA Unterschreiben Sie, Bogdan Stoitsch. Damals, die Ehepakte haben Sie nicht unterschrieben! Das hier ist ein gutes Papier. – Schwester, du bist gerettet.

Alle gehen auf DRAGA *zu und umarmen sie.*

NACHWORT

Während Veza an den Erzählungen der ›Gelben Straße‹ schrieb, trug sie sich mit dem Gedanken eines Dramas um den Herrn Iger. Das Vorbild zu ihm, das in derselben Straße wohnte, kannte sie seit langem. Sie begegnete ihm täglich und ließ ihn nie aus dem Auge. Er beachtete sie kaum, doch sie fühlte sich von ihm verfolgt. Eine Figur von solcher Zähigkeit, meinte sie, sei unglaubwürdig. Manchmal zweifle sie daran, daß er sich zur Hauptfigur eines Dramas eigne.

Jahre früher, lange bevor sie selber zu schreiben begann, war in unseren unerbittlichen Gesprächen über Dichter oft von Gogol die Rede gewesen. Ich war von ihm so besessen, daß sie sich gegen ihn zur Wehr setzte. Um sich ihrer Meinung über ihn zu vergewissern, las sie nun den ›Revisor‹ wieder. Eines Tages sagte sie plötzlich: »Der Iger ist komisch! Er ist eine Gogol-Figur! Er ist schrecklich und komisch zugleich. Wie bei Gogol!«

Nun entstand das Stück in einem Zug. Sie hielt es für das Beste, was sie geschrieben hatte. Es war das erste Mal, daß sie mir etwas zeigte, ohne zu beteuern, daß sie nichts davon halte. Ich hatte sie auf jede Weise zum Schreiben ermuntert: Ich lobte mit Überzeugung, was sie mir zeigte und mußte es gegen sie verteidigen. Sie war lange entschlossen, nichts von ihren Sachen zu halten. Die Gründe zu dieser Attitüde habe ich im Vorwort zur ›Gelben Straße‹ angedeutet. Beim ›Oger‹ zum ersten Mal sah sie mir übermütig ins Gesicht und sagte: »Das wird Dir wirklich gefallen!« Sie dachte gleich an eine Aufführung und wünschte sich Max Pallenberg für die Hauptrolle.

Ich war ihrer Meinung und bin es noch heute. Veza hat keineswegs bald zu schreiben aufgehört. Sie hat auch in der Emigration, unter den schwierigsten Umständen, weitergeschrieben. Trotz allem, was wir beide, sie und ich, unternahmen, hatte sie kein Glück damit. Bis zum Jahre 1956 schrieb sie weiter, dann gab sie es auf. In den letzten sieben Jahren ihres Lebens weigerte sie sich zu schreiben. Ich gab mir die größte Mühe, sie umzustimmen, aber es war umsonst. Daß sich noch zehn Jahre nach Kriegsende kein Theater fand, das den ›Oger‹ spielte, verletzte sie sehr.

Doch ihr Glaube an dieses Stück blieb unerschüttert. Heute, nach dem Erscheinen der ›Gelben Straße‹, lege ich den ›Oger‹ vor, von dem sie bis zu ihrem Tode so sprach, als sei ihm die Zukunft sicher.

Elias Canetti

Veza Canetti

Die Gelbe Straße

Roman

Mit einem Vorwort von Elias Canetti
und einem Nachwort von Helmut Göbel
Band 10914

In der Wiener *Arbeiter-Zeitung*, zu ihrer Zeit Österreichs am sorgfältigsten redigierte Tageszeitung, veröffentlichte Veza Canetti regelmäßig Geschichten, vor allem in der Wochenend-Beilage. Zum guten Teil handelten diese Beiträge vom Leben in der Ferdinandstraße im II. Wiener Gemeindebezirk. Dort wohnte, bis zum Beginn der Nazi-Zeit, die Mehrzahl der Wiener Juden; die Ferdinandstraße war bekannt dafür, daß dort vor allem Lederhändler, en gros und en détail, ihre Geschäfte hatten. In und vor den Geschäften stapelten sich Taschen, Koffer, Zaumzeug, Lederwaren aller Art – die Straße soll ganz gelb gewesen sein. Speziell aus dieser Straße, in der sie selbst lange gewohnt hat, berichtet Veza Canetti in ihrem Roman, über große und kleine Katastrophen – verunglückte Ehen, tyrannische Ehemänner, Mitgiftjäger, geldgierige Hausherren und ähnliche Prüfungen mehr. Der kleine Kosmos *Gelbe Straße* steht für die Welt. Knapp und pointiert, an Karl Kraus geschult, berichtet Veza Canetti – immer auf Seiten der Opfer – von den im Maßstab noch kleinen Brutalitäten, die geradewegs in die große Katastrophe des Zweiten Weltkriegs und der sogenannten Endlösung führen. Die Münchner *Abendzeitung* nannte das Buch »eine notwendige Entdeckung«.

Fischer Taschenbuch Verlag

fi 617 / 2

Elias Canetti

Die Blendung

Roman. Band 696

Dieser Roman, 1935 in Wien zum erstenmal veröffentlicht, aber von ungünstigen Zeitumständen in seiner Wirkung behindert, ist auf Umwegen über England, Amerika und Frankreich, in die deutsche Literatur zurückgekehrt, in der er heute einen wichtigen Platz einnimmt. Wie Joyces *Ulysses*, mit dem die Kritik Canettis Buch immer wieder verglichen hat, ist *Die Blendung* im Grunde eine mächtige Metapher für die Auseinandersetzung des Geistes mit der Wirklichkeit, für Glanz und Elend des einsam reflektierenden Menschen in der Welt. Protagonist der Handlung ist Kien, ein berühmter Sinologe, der in seiner 25 000 Bände umfassenden Bibliothek ein grotesk eigensinniges Höhlenleben führt. Seine Welt ist im Kopf, aber sein Kopf ist ohne Sinn für die Welt. Als Kien, von seiner Haushälterin zur Ehe verführt, mit den Konventionen und Tatsachen des alltäglichen Lebens konfrontiert wird, rettet er sich gewissermaßen in den Irrsinn.

Fischer Taschenbuch Verlag

fi 598 / 2

Manès Sperber

Die Wasserträger Gottes

All das Vergangene...
Band 1

Band 11653

Weltruhm erlangte Manès Sperber mit seiner Roman-Trilogie *Wie eine Träne im Ozean*. Als nicht weniger bedeutend gilt seine dreibändige Autobiographie *All das Vergangene...*, die zwischen 1974 und 1977 erschien. Der erste Band dieses monumental angelegten Werkes, *Die Wasserträger Gottes*, behandelt überwiegend die Kinderjahre des 1905 geborenen Autors und reicht bis 1917. Er beschreibt eine Kindheit vor dem Ersten Weltkrieg und während der Kriegszeit im ostgalizischen Zablatow und in Wien. Indem Sperber die ersten Seelenregungen des eigenen Ichs aufspürt, entwirft er gleichzeitig ein faszinierendes Panorama jener untergegangenen Welt des ostjüdischen Stetls am östlichen Rand der vormaligen Habsburg-Monarchie, in dem Juden, Ukrainer, Polen spannungsreich und doch friedlich nebeneinander lebten. Der Titel dieses Bandes leitet sich von Männern her, die in den hygienisch unzureichend ausgestatteten Häusern deren Bewohner das Wasser anlieferten. Sperber vermittelt nicht nur Zeitgeschichte und Zeitkolorit, er verfaßte ein Werk, das jetzt schon zu den großen Erinnerungsbüchern dieses Jahrhunderts zählt.

Fischer Taschenbuch Verlag

fi 650 / 3

Elias Canetti

Die Fackel im Ohr
Lebensgeschichte 1921-1931. Band 5404

Das Augenspiel
Lebensgeschichte 1931-1937. Band 9140

Die Provinz des Menschen
Aufzeichnungen 1942-1972. Band 1677

Das Geheimherz der Uhr
Aufzeichnungen 1973-1985. Band 9577

Die Blendung
Roman. Band 696

Dramen
Hochzeit / Komödie der Eitelkeit / Die Befristeten
Band 7027

Die gerettete Zunge
Geschichte einer Jugend. Band 2083

Das Gewissen der Worte
Essays. Band 5058

Masse und Macht
Band 6544

Der Ohrenzeuge
Fünfzig Charaktere. Band 5420

Die Stimmen von Marrakesch
Aufzeichnungen nach einer Reise. Band 2103

Hüter der Verwandlung
Beiträge zum Werk von Elias Canetti. Band 6880

Fischer Taschenbuch Verlag

fi 185 / 4

Gerhard Roth

autobiographie des albert einstein
Kurzromane. Band 5070

Circus Saluti
Erzählung. Collection S. Fischer. Band 2321

Der große Horizont
Roman. Band 2082

Dorfchronik zum »Landläufigen Tod«
Collection S. Fischer. Band 2340

Lichtenberg/Sehnsucht/Dämmerung
Stücke. Band 7068

Ein neuer Morgen
Roman. Band 2107

Die schönen Bilder beim Trabrennen
Band 5400

Winterreise
Roman. Band 2094

Uwe Wittstock (Hg.)
Materialien zu ›Die Archive des Schweigens‹
Band 11274

Fischer Taschenbuch Verlag

fi 130/3

Stefan Zweig

Der Amokläufer
Erzählungen. Band 9239

Angst
Novelle. Band 10494

Brennendes Geheimnis
Erzählung. Band 9311

Brief einer Unbekannten
Erzählung. Band 9323

Buchmendel
Erzählungen. Band 11416

Clarissa
Ein Romanentwurf
Band 11150

Die Hochzeit von Lyon
und andere Erzählungen. Band 2281

Verwirrung der Gefühle
und andere Erzählungen. Band 5790

Phantastische Nacht
und andere Erzählungen
Band 5703

Praterfrühling
Erzählungen
Band 9242

Ungeduld des Herzens
Roman. Band 1679

Rausch der Verwandlung
Band 5874

Schachnovelle
Band 1522

Sternstunden der Menschheit
Zwölf historische Miniaturen
Band 595

Europäisches Erbe
Band 2284

Menschen und Schicksale
Band 2285

Länder, Städte, Landschaften
Band 2286

Drei Meister
Balzac · Dickens · Dostojewski
Band 2289

Der Kampf mit dem Dämon
Hölderlin · Kleist · Nietzsche
Band 2282

Drei Dichter ihres Lebens
Casanova · Stendhal · Tolstoi
Band 2290

Die Heilung durch den Geist
Mesmer · Mary Baker-Eddy · Freud
Band 2300

Fischer Taschenbuch Verlag

fi 191/11 a

Stefan Zweig

Das Geheimnis des künstlerischen Schaffens
Band 11656

Begegnungen mit Büchern
Aufsätze und Einleitungen aus den Jahren 1902–1939
Band 2292

Briefe an Freunde
Band 5362

Über Sigmund Freud
Porträt · Briefwechsel · Gedenkworte
Band 9240

Stefan Zweig Paul Zech Briefe 1910–1942
Band 5911

Tagebücher
Band 9238

Stefan Zweig – Friderike Zweig Unrast der Liebe
Band 5366

Amerigo
Die Geschichte eines historischen Irrtums. Band 9241

Magellan Der Mann und seine Tat
Band 5356

Triumph und Tragik des Erasmus von Rotterdam
Band 2279

Maria Stuart
Band 1714

Marie Antoinette
Band 2220

Joseph Fouché
Band 1915

Balzac
Eine Biographie
Band 2183

Castellio gegen Calvin oder Ein Gewissen gegen die Gewalt
Band 2295

Die Welt von Gestern
Erinnerungen eines Europäers
Band 1152

Ben Jonsons »Volpone«
Band 2293

Die schlaflose Welt
Aufsätze und Vorträge aus den Jahren 1909–1941
Band 10165

Auf Reisen
Band 10164

Fischer Taschenbuch Verlag

fi 191/6b

Franz Werfel

Der Abituriententag
Roman. Band 9455

Das Lied von Bernadette
Roman. Band 9462

Die Geschwister von Neapel
Roman. Band 9460

Der Tod des Kleinbürgers
und andere Erzählungen
Band 2060

Verdi. *Roman der Oper*
Band 9456

Die vierzig Tage des Musa Dagh
Roman. Band 9458

Stern der Ungeborenen
Ein Reiseroman
Band 9461

Jeremias. Höret die Stimme
Roman. Band 2064

Der veruntreute Himmel
Geschichte einer Magd
Roman. Band 9459

Nicht der Mörder, der Ermordete ist schuldig
und andere Erzählungen
Band 5054

Cella oder Die Überwinder
Versuch eines Romans
Band 5706

Geheimnis eines Menschen
Novelle. Band 9327

Barbara oder Die Frömmigkeit
Band 9233

Die schwarze Messe
Erzählungen. Band 9450

Die tanzenden Derwische
Erzählungen. Band 9451

Die Entfremdung
Erzählungen. Band 9452

Weißenstein, der Weltverbesserer
Erzählungen. Band 9453

Eine blaßblaue Frauenschrift
Erzählung. Band 9308

Jacobowsky und der Oberst
Komödie einer Tragödie. Band 7025

Gedichte aus den Jahren 1908–1945
Band 9466

»Leben heißt, sich mitteilen«
Betrachtungen, Reden, Aphorismen. Band 9465

Fischer Taschenbuch Verlag

fi 198/10

Österreich erzählt

27 Erzählungen

Ausgewählt und mit einer Nachbemerkung
von Jutta Freund

Österreich erzählt – von Träumen und Erinnerungen, von Einsamkeit und Tod, vom Lachen und Vergessen. 27 österreichische Autoren schreiben bissig, böse, witzig oder wehmütig über ihr Land, über historische Ereignisse, über seine Bewohner, schreiben ihre Geschichten – jeder auf seine charakteristische Art und Weise. Die hier gesammelten Erzählungen zeigen in ihrer Vielfalt die Spannweite und die verschiedenen Strömungen der österreichischen Prosa unseres Jahrhunderts. Sie geben die Stimmung dieses Landes wieder, des Landes, das Hans Weigel »die Synthese aller Welten«, das »staatsgewordene Paradoxon« nannte, in dem man »deutsch sprechen kann, ohne Deutscher zu sein«. Eine Mischung aus Heiterkeit und Melancholie tritt uns entgegen, diese typische Mischung, die zu so vielen nicht nur literarischen Bildern und Vergleichen schon Anlaß gab.

Es erzählen: Ilse Aichinger, Peter Altenberg, H.C. Artmann, Ingeborg Bachmann, Alois Brandstetter, Franz Theodor Csokor, Heimito von Doderer, Erich Fried, Barbara Frischmuth, Marlen Haushofer, André Heller, Fritz v. Hermanovsky-Orlando, Hugo von Hofmannsthal, Ödön von Horváth, Elfriede Jelinek, Robert Musil, Alfred Polgar, Helmut Qualtinger, Christoph Ransmayr, Peter Rosei, George Saiko, Arthur Schnitzler, Jutta Schutting, Jura Soyfer, Franz Tumler, Franz Werfel, Stefan Zweig.

Band 9283

Fischer Taschenbuch Verlag

fi 1153/4

HANSER

*E*s sind die namenlosen, die übersehenen und die durch ihre Geburt oder die Niedertracht anderer benachteiligten Menschen, denen die Aufmerksamkeit von Veza Canetti gilt. Sie erkennt ihre Individualität, gibt ihnen Namen und bewahrt die, die sie beachtet

Die Entdeckung einer großen Schriftstellerin geht weiter

und beobachtet, in knappen, genauen Erzählungen davor, übersehen und vergessen zu werden. Veza Canetti erzählt ohne Herablassung, einfühlsam und witzig von diesen Männern, Frauen und Kindern im Wien der frühen dreißiger Jahre. Und gerade das Fehlen jeder Sentimentalität macht ihre Erzählungen so anrührend und wahrhaftig.

96 Seiten. Gebunden.

Foto: Carl Hanser Verlag